# ひもうと【干物妹】

家の中では様々な事を面倒くさがり、
適当に済ませてしまう妹。
「家でのうまるは——だ」
《類義語》干物女

集英社「妹辞典」より

# エヌ【N】

小説(NOVEL)、新しい(NEW)、
なんでもあり、などの頭文字。
「干物妹!うまるちゃんの小説版のサブタイトルは—だ」
《類義語》ひもうと!うまるちゃんS

集英社「ノベライズ辞典」より

HIMOUTO! UMARUCHAN
干物妹《ひもうと》!うまるちゃんN

小説 田中創　原作 サンカクヘッド

# 人物紹介 家

干物妹《ひもうと》
## 家 うまる

タイヘイの妹。
一度、玄関をくぐれば“食う！寝るzzz遊ぶ♪”と、
やりたい放題な干物な妹！

師匠

兄妹

## タイヘイ

うまるの兄。
会社員だが家事が得意という
主夫的な一面も持つ。

## あらすじ

家《うち》の妹“うまる”は、年がら年中、ぐ～たらゴロゴロ。コーラを片手にお菓子三《ざん》昧《まい》ゲーム三昧《ざんまい》♪なのに外では何でも出来…美人で人気な優等生!?そんな干物妹の世界も序々に広がり…アパートの隣人で仲良しな海老名《えびな》♡家うまるを師匠と仰ぐ切絵《きりえ》♪外うまるの好敵手《ライバル》にしてUMR《ユーエムアール》の友達シルフィンフォード！うまるを中心に、それぞれの関係、それぞれの世界が交わっていくが…？

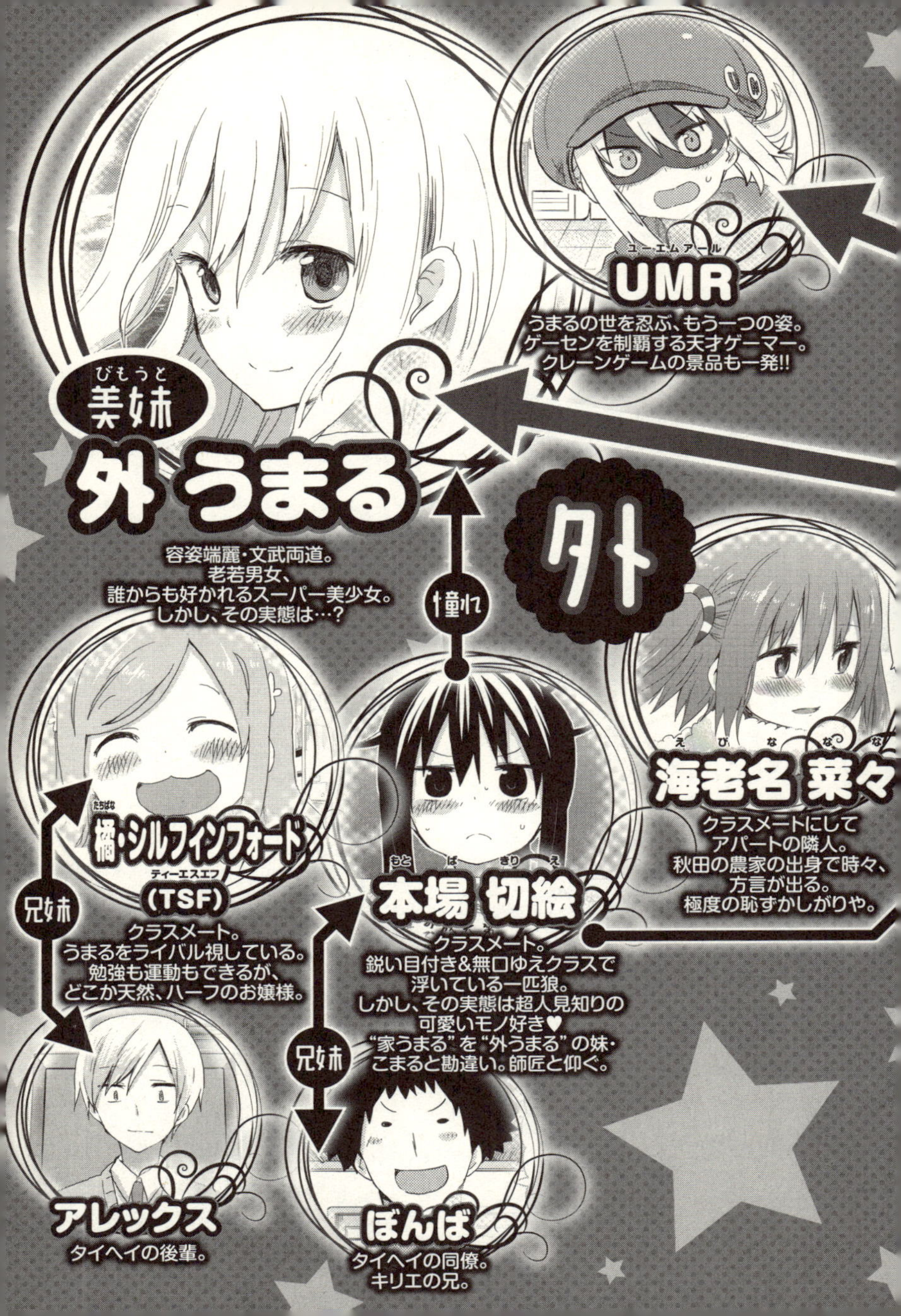
UMR《ユーエムアール》
うまるの世を忍ぶ、もう一つの姿。
ゲーセンを制覇する天才ゲーマー。
クレーンゲームの景品も一発!!
美妹《びもうと》
外 うまる
容姿端麗・文武両道。
老若男女、
誰からも好かれるスーパー美少女。
しかし、その実態は…?
外
憧れ
海老名《えびな》 菜々《なな》
クラスメートにして
アパートの隣人。
秋田の農家の出身で時々、
方言が出る。
極度の恥ずかしがりや。
橘《たちばな》・シルフィンフォード
(TSF《ティーエスエフ》)
クラスメート。
うまるをライバル視している。
勉強も運動もできるが、
どこか天然、ハーフのお嬢様。
兄妹
本場《もとば》 切絵《きりえ》
クラスメート。
鋭い目付き&無口ゆえクラスで
浮いている一匹狼。
しかし、その実態は超人見知りの
可愛いモノ好き♥
"家うまる"を"外うまる"の妹・
こまると勘違い。師匠と仰ぐ。
兄妹
アレックス
タイヘイの後輩。
ぼんば
タイヘイの同僚。
キリエの兄。

# CONTENTS

# 干物アイドル！ うまるちゃん

土間《どま》タイヘイは、人生最大のピンチを迎えていた。

「二か月で一万枚……冗談じゃないぞ」

ため息をつきながら、ＰＣ画面に目を落とす。テキストエディタで作成中の企画タイトルは、『〝トライミューズ〟今後の展開に関して』だった。

もっとも、書き上がっているのはこのタイトルだけ。それ以外は白紙であった。なにせ、具体的な内容をまったく思いつかないのだから仕方がない。

椅子に座ってかれこれ数時間、タイヘイは企画書を一文字も埋められないまま、悶々《もんもん》と頭を抱えていたのである。

現在、時刻はすでに夜の十時を過ぎていた。

明朝までになんとかいいアイディアを出さなければならないというのに、出てくるのはため息ばかりだ。無情にも、タイムリミットだけが刻々と迫ってくる。

「〝トライミューズ〟を救うアイディア……。くそっ、ぜんぜん思いつかない」

唸《うな》るタイヘイの耳に、ふと足元から、ノリノリのハミングが聞こえてきた。

「……ふんふんふーん♪」

どうやら、妹が鼻歌を歌っているようだ。

フローリングにごろりと横になり、テレビアニメのオープニングに合わせて体を揺らしている。もちろん傍《かたわ》らにコーラのペットボトルとスナック菓子は設置済み。思うさまアニメを楽しんでやろうという、完全お気楽スタイルであった。

「呑気《のんき》なもんだなあ、コイツは」

妹の様子を見ていると、つい笑みがこぼれてしまう。目を三角にして画面とにらめっこをしている自分が、なんだかバカらしくなってくるのであった。

「ははは……俺も疲れてんのかな」

眼鏡を外し、瞼《まぶた》の上から眼球を刺激する。疲れが溜まっているのは明らかだったが、ここで倒れるわけにはいかなかった。

今、彼女たちを救えるのは自分だけなのだから。


土間タイヘイは、芸能事務所——荒矢田《あらやだ》プロに勤める新米プロデューサーである。

大学卒業後、芸能関係の職に就いたのはまったくの偶然と気紛《きまぐ》れの結果でしかなかったが、今思えばこれも悪くない選択だと思っている。以前は芸能界などまるで興味もなかったタイヘイだったのだが、いざ働いてみれば、愛着も湧いてくるものである。

特に去年〝トライミューズ〟の子たちを見出したのは、タイヘイにとっての大きな転機だった。

街角で彼女たちをスカウトし、レッスンを課し、ライブイベントに送りこむ。全てタイヘイが主導した。タイヘイ自身が、一から彼女たちを育て上げたのである。

もちろん、結成から一年たったばかりの〝トライミューズ〟は、アイドルといってもまだ新人の域を出ない。地方デパートの屋上イベントで、前座を務めるくらいが関の山だ。持ち歌も『ウルトラ♡ステディ』の一曲だけ。楽曲売り上げランキングなどとはまだまだ無縁のユニットである。

しかしだからこそタイヘイは、育て甲斐《がい》があると思っているのだ。自分の育てた彼女たちがどこまで行けるのか、その可能性を見てみたい。〝トライミューズ〟の躍進は、まさにこれからなのだ。

と、そんなふうに考えていた矢先だったのに――まさか社長からあんなことを通告されるとは、タイヘイは夢にも思わなかった。


――発売から二か月以内に、『ウルトラ♡ステディ』の販売数が一万枚を超えること。これが最低条件です。達成できなければ〝トライミューズ〟は解散させます。

不景気のあおりを受け、荒矢田プロも業務縮小を余儀なくされてしまったのである。

　つまるところ、ろくに売れないアイドルは首を切る、という話だった。駆け出しの弱小B級ユニットである〝トライミューズ〟が、真っ先に槍玉に挙げられてしまったのは、ある意味当然と言えば当然の話なのかもしれない。

　一万。それがどれだけ途方もない数字であることか。

　有名音楽誌での週間ヒットチャートでも、ランクインできるレベルである。二か月の猶《ゆう》予《よ》期間があるとはいえ、無名のアイドルユニットが達成できる数字だとは思えない。社長は事実上、〝トライミューズ〟を切り捨てると言ったに等しいのだ。

　だからといって、彼女たちを見捨てるわけにはいかない。

〝トライミューズ〟を育ててきたタイヘイにとっては、彼女たちこそが仕事のモチベーションなのである。何がなんでも、一発逆転の秘策を思いつかなければならないのだ。

「なのに、まったく手が思いつかない……！」

　顔の前で両手を組むようにして、タイヘイは机の上に突っ伏した。

『ウルトラ♡ステディ』の発売日は来週の月曜日だ。そこが勝負の始まりであり、スタートダッシュを決めるためにも、何かしら決定的な作戦を思いついておかなければならない地点なのである。

　しかし、どうにもいいアイディアが出ないのだ。

　限られた予算をやりくりして、雑誌やネット上にできる限りの広告は打った。動画サイトにも自作のＰＶ《プロモーションビデオ》を投稿した。事務所の公式ＳＮＳアカウントでも、毎日のように〝トライミューズ〟を勧めている。

しかし残念ながら、どれも反応は芳《かんば》しくない。タイヘイが思いついた手段は全て行ったというのに、この三日間、〝トライミューズ〟の話題も『ウルトラ♡ステディ』の話題も、世間ではまるで盛り上がっていないのである。

やはり新人アイドルが一万枚なんて、夢のまた夢なのだろうか。

タイヘイが深いため息をついていると、

「ねーお兄ちゃん」妹のうまるが、足元から声をかけてきた。「息抜きに一緒にアニメでも観ない？　今期、面白いのが始まってるんだよ」

「いや、そんな場合じゃ……」

「うまる的にこれは神アニメだよ！　観なきゃ損だよ！」

「悪い。また今度な」

苦笑いを浮かべ、タイヘイはＰＣに向き直る。普段ならいざ知らず、さすがに今は妹に付き合って遊んでいる場合ではないのだ。

しかし、うまるは一向に引き下がる様子を見せなかった。

「ええっ、お兄ちゃん！　こんな神アニメをスルーするだなんて、ヒトとしてどうかしてるよ⁉　いくら仕事に忙殺《ぼうさつ》されてる社畜《しゃちく》だろうと、これだけは絶対観るべきだよ！」

そう言いながら、うまるはゴロゴロと床を転がり、タイヘイの足元にじゃれついてくる。

「ちょ、コラ！」

夕飯以降、タイヘイがずっとPCに向かって仕事をしていたせいだろう。この妹は構ってほしくて仕方がないのだ。「お兄ちゃーん」とズボンを引っ張るその様子が、なんだか飼育係にじゃれつく小動物のようで、タイヘイはつい噴き出してしまう。

「わかったわかった。……んで、何てアニメが面白いんだって？」

「これこれ。この、『ラブクラフトライブ！』ってやつ」

うまるが、テレビ画面を指さす。

なんとも形容しがたい姿の謎生物たちが、スポットライトを浴びながら軽やかに触手を振り回し、踊りまくる——画面の中では、そんな映像が放映されていた。

アニメのくせに絵柄が妙にリアル調というか、ヌルヌルとグロテスク過ぎるというか、タイヘイが一瞬引いてしまったほどである。

「なんだこのアニメ」

「外宇宙から飛来した邪神たちが、アイドルユニットを組んで全宇宙のアイドルの頂点を目指す……そんな青春アニメだよ！『目指せ、宇宙スペースナンバーワン』ってね」

「そりゃずいぶんシュールだな……。最近のアニメってこんなんなのか」

「そーだね。なんたってアイドルものは流行《はや》りだからね。邪神だって踊っちゃうよ」

「アイドルが流行り、ねえ」

「うん。最近じゃあ、毎回クール毎《ごと》にひとつはアイドル枠がある感じかな」

うまるの言葉に、タイヘイは「ふうん」と頷《うなず》いた。

確かに昔から、アイドルというものは少年少女の憧れの存在ではある。特に、美少女アイドルグループが楽曲売り上げランキングの上位を占める昨今、アニメの世界でもアイドルが注目されるのは当然のことだろう。

しかし、虚構の世界では華やかな存在として描かれるアイドルでも、現実世界での競争は厳しいものなのだ。当然、誰もが売れるわけではない。夢半《なか》ばで解散の危機に陥《おちい》ってしまうグループもいるのである。たとえば〝トライミューズ〟のように。

画面の中で楽しげにステップを踏む邪神たちを横目に、タイヘイはため息をついた。

「はは……確かにこのくらいインパクトがあるアイドルユニットだったら、現実でもすぐ通用するかもな」

もちろん、〝トライミューズ〟の少女たちだって、決して無個性なわけではない。ただ、これまで露出が少なかったぶん、それを周知させることができていないのだ。

音楽番組への出演が増えれば、人気は上がる。それはわかる。しかし、番組に出演するためにも、ある程度の人気――つまりは売り上げ実績が必要なのである。

人気を得るためには最低限の人気が必要。アイドル業界はいわば、人気資本主義なのだ。

もちろん、その最低限の人気すら、一朝一夕《いっちょういっせき》では得られない。二か月という限定された期間の中でそれを獲得するのは、よほどのインパクトが必要なのである。

それこそ、邪神がアイドル始めました――というくらいの。

「はあ……どうしたもんかな」

眉間《みけん》に皺《しわ》を寄せるタイヘイを見て、うまるが首を傾《かし》げた。

「ん？　お兄ちゃん、なんか元気ないね。どしたの」

「まあ、ちょっと仕事のことでな」

「仕事のことっていうと、芸能事務所の話だよね？　お兄ちゃんが面倒見てる、あの〝トライミューズ〟っていうアイドルユニット」

「そうだな」

「みんな可愛い子たちだし、歌も悪くないと思うけど……正直あんまり名前聞かないよね。学校のみんなもTmetter《ツメッター》の呟《つぶや》きも『〝トライミューズ〟？　誰それ？』状態だし……」

「お前の言う通り、人気はないな……。残念ながら、俺の力不足だ」

やはり、付け焼き刃のプロモーション活動では限界があるのだ。アイドルソングの購買層としてはもっとも期待できるはずの十代においてさえ〝トライミューズ〟の認知度はかなり低い。これは紛れもない事実だった。

力なく首を振るタイヘイの肩を、うまるが、ぽんぽんと叩く。

「まあまあ、そう落ちこまないでよ。うまるが話を聞いてしんぜよう」

「お前が？」

「だってほら。芸能関係の事情なら、うまるも最近ちょっと詳しいし」

「詳しいってそれ、アニメの話だろ」妹の申し出に、タイヘイは苦笑いを浮かべた。「というかそれ以前に、仕事の悩みを高校生の妹に打ち明けるっていうのもな」

「いやいや。高校生だからこそ、斬新な切り口の意見が出てくるかもしれないよ？『新しい時代を創るのは老人ではない』って偉いひとも昔言ってたし」

「それじゃまるで、俺が老人みたいな言い方だな」

やれやれ、と肩をすくめる。

とはいえ、気分転換に相談してみるくらいはいいかもしれない。うまるも構ってもらいたそうだったし。

タイヘイは、現在自分が直面している問題を、かいつまんで話してみることにした。

「……ふむふむ、二か月で楽曲売り上げ一万枚を達成しなくちゃいけないと」

わかっているのかいないのか、うまるが大仰に頷く。

「確かに大変かもしれないけどさ。一万枚くらいなら、ライブイベントでパーフェクトコンボ決めまくってれば、結構簡単に達成できそうなもんじゃない？」

「パーフェクト……なんだって？」

「あとは全国オーディションからの新曲リリースで、〝注目度〟を大幅アップさせるとかね。……あ、能力値アップのアクセサリ選びも重要な要素かも。課金アイテムも視野に入れたほうがいいね」

「お前が何を言っているか、まったくわからんのだが」

「まあ、いろいろやりようはあるってことだよ。昨今のアイドル育成ゲームなら」

「って、ゲームの話かよ！」

どうやらこの妹、アニメだけでなく、ゲームまでアイドルものに手を出しているらしい。話を聞く限り、プレイヤーがプロデューサーとして、アイドルを育成するというゲームがあるようだ。

妹のあまりのゲーム脳っぷりに、タイヘイが深いため息をつく。大丈夫かコイツ。

「現実のプロデューサー業を、ゲームの話と混同されてもな」

「いやいや、ゲームだからってバカにしたもんでもないよ、お兄ちゃん」

至極《しごく》真面目な表情で、うまるが首を振った。

「たとえば、女の子をアイドルとして成功させるために一番大事な要素は何かわかる？」

「一番大事？　歌唱力とかルックスとか……それともダンスのセンスとか？」

「違う違う。何もわかってないね、お兄ちゃんは」

うまるが小憎たらしい笑顔で人差し指を振る。なかなかに腹立たしい仕草だった。

「一番大事なのは、アイドルとＰ《プロデューサー》の〝親愛度〟だよ！」

「親愛度……？」

なんだそれは。プロデューサーとして活動しているタイヘイですら、あまり耳にしない単語であった。

「親愛度が高ければ、アイドルたちも普段のレッスンに身が入るようになって、能力値がアップしやすくなるんだよ。ひいては、ライブやお仕事の成功率もあがるってことだね」

滔々《とうとう》と語られる妹の言葉に、タイヘイは「はあ」と相槌《あいづち》を打つことしかできなかった。

「何はなくとも、親愛度だけは一番重視しなくちゃならない要素なんだよ！　うまるはそれをゲームで学んだ！」

「いや、だから、ゲームとリアルのアイドル活動はぜんぜん――」

タイヘイが言い終わる前に、うまるはすでに口を開いていた。

「いやいや。違うって決めつけるのもどうかなー。だいたいお兄ちゃんが今めっちゃ悩んでるのも、その〝トライミューズ〟の子たちとの親愛度が低いせいではないかと、うまるは睨《にら》んでいるのですが？」

「親愛度が低い？　どういう意味だ？」

少しだけむっとする。〝トライミューズ〟はこれまでタイヘイが手塩にかけて育ててきたアイドルたちなのだ。親愛度が低い――あまり仲が良くない――みたいに言われるのは

ねんどろん
GOOD LAUGH COMPANY
30
30
30

さすがに気分のいいものではない。

「だってさ」うまるが口を開く。「本当に親愛度が高かったら、お兄ちゃんひとりで悶々と悩んでないと思うんだよ。みんなで一緒に、顔をつき合わせて相談し合ってるはず」

「む」

「チームの今後を決める話なんだから、そういうことはアイドルとＰ《プロデューサー》が一緒に話し合わないと。少なくとも、うまるがやったゲームではそういう哲学が描かれていたね」

悔しいことに、うまるの言葉には妙な説得力があった。

〝トライミューズ〟のみんなと話し合う。それは確かに正論だ。ゲームだからといって、一概《いちがい》にバカにしたものでもないのかもしれない。

「そうだな。確かにお前の言う通りだ。ひとりで抱えこみすぎてたかもしれないな」

言いつつタイヘイは、手元のＰＣの電源を落とした。

「明日、〝トライミューズ〟の子たちとのミーティングがあるからな。そこで話し合って決めることにするよ」

「うむうむ。うまるの助言は素直に受け入れるといいよ。なんたって、あまたのアイドルをトップに導いた、伝説のＰ《プロデューサー》だからね」

ゲームくらいで何を偉そうに……と思わないでもなかったが、今日のところは顔を立てておくことにする。うまるの言葉のおかげで、少しだけ気が軽くなったのは事実なのだ。

「それで」うまるが続ける「そのミーティングって何時からなの」

「十八時からだけど。それがどうした」

「十八時。それなら放課後でも行けそうだね。今のうち、夜アニメの録画はしておこう」

「放課後行くって……え？　どこに？」

首を傾げるタイヘイに、うまるは当然のように告げる。

「うまるもそのミーティングに参加するってことだよ。話聞いてると、なんだかお兄ちゃんだけじゃ心配だし」

「はあ!?　……いやお前、遊びじゃないんだぞ？」

「遊びじゃないからこそ、うまるが行くんじゃん。敏腕Ｐ《プロデューサー》の実力、存分に発揮しちゃうよ！」

まるで待ちに待ったゲームの発売日のごとく、目が輝いている。

どうやらコイツ、本気でミーティングに来るつもりのようだ。こうなったときのうまるを説得するのは、実に困難なことなのだ。

「まったく……」

タイヘイが眉根を寄せる。

さりとて「来るな」と一蹴《いっしゅう》してしまうのも考えものだった。

そもそも〝トライミューズ〟は、二か月で売り上げ一万枚という偉業を達成しなければいけないのだ。正攻法ではまず無理。そのためには、どうしても奇想天外なアイディアが必要になってくる。うまるのゲーム知識だって、何かのヒントにはなるかもしれない。

溺れるものは藁《わら》をもつかむ。今のタイヘイは、まさにそんな状況だったのだ。

「まあ、大人しくしてるぶんには問題ないか……。ミーティングの邪魔にさえならなければ」

タイヘイの言葉に、うまるが「任せてよ」と自信に満ちた笑みを浮かべる。

「あくまで外部のいちファンっていうか？　そういう視点でちょっと意見を言うだけだからさ」

「ほんとに大丈夫か……？」

結局タイヘイはしぶしぶながら、うまるの同行を許可することにしたのだった。

もっとも、すぐにこの決断を後悔することになるのだが。

※

「──君たちは今日から〝U's《ユーズ》〟だ。異論は認めない」

ミーティングが始まるなり、うまるは開口一番そんなことを宣《のたま》った。

大人しくしているつもりなど最初からなかったのだろう。うまるは、いの一番に会議室の上座《かみざ》に陣取り、誰よりも先に口を開いたのだ。タイヘイが止める暇もなかった。

「そういうことでいいね。諸君」

うまるが腕組みをして会議室を睥睨《へいげい》する様子は、まるで自分がこの場の最高権力者だとでもいうような雰囲気であった。何様なのだろう。

当然、タイヘイ以外のミーティングの出席者たちも、唖然《あぜん》とした表情を見せている。

「え……あの、このひと、誰ですか……？」

頭の上に疑問符を浮かべているのは〝トライミューズ〟のひとり、海老名《えびな》ちゃんだ。つい今し方ダンスレッスンを終えたばかりの彼女は、Ｔシャツの上にジャージを羽織っただけというラフな装いである。

普段は笑顔が魅力的で温厚な彼女だったが、今日ばかりは微笑んでいる余裕もないらしい。得体の知れないものに出くわしたかのように、怯《おび》えた顔つきであった。

だが、それも仕方ないだろう。今のうまるは、明らかに怪しげな格好をしていたのだ。

「私の名はＵ《ユー》・Ｍ《エム》・Ｒ《アール》・Ｐ《ピー》――」

もったいぶった口調で、うまるが口を開いた。

長い髪を隠すキャスケット。顔半分を覆う目出しマスク。地味なパーカーを肩に羽織ったその姿は、まともに外を歩くための服装とは思えなかった。本人いわく、「正体がバレたくないとき用の変装」らしいが、この妹は普段どんな場面でこの格好をしているのだろう。銀行強盗でもしているのか。

「君たちを救うためにやってきた伝説のＰ《プロデューサー》だ」

伝説のＰ《プロデューサー》。その眉唾《まゆつば》めいた肩書きに、室内の空気が凍りついたのは言うまでもない。

そして言われてみれば、うまるが肩に羽織ったパーカーの袖を胸の前で緩《ゆる》く結んでいるあたり、往年のプロデューサー像を意識していると思えなくもなかった。いわゆる、プロデューサー巻きというやつである。

「……ええと、Ｕ・Ｍ・Ｒ・Ｐ……さん？」

不審人物を睨みつけるような目つきで、きりえちゃんが口を開いた。人見知りゆえに警戒心の強い子だったが、この場合は彼女じゃなくても警戒して当然だろうと思う。

「い、いろいろ疑問はあるのですが……なぜマスクを？」

「いい質問だね。なぜならマスクをつけていたほうが威厳が出るからだよ。謎っぽくて」

腕組みしたまま、うまるがいけしゃあしゃあと答えた。

いったいこの妹は何を考えているのだろうか。いくら奇想天外なアイディアが必要だからって、格好まで奇抜にする必要はなかっただろうに。

海老名ちゃんもきりえちゃんも、あまりの異様さにごくりと喉《のど》を鳴らしている。

「確かに謎っぽいですわ！」

ただひとり目を輝かせていたのは、〝トライミューズ〟のリーダー、橘《たちばな》・シルフィンフォード――シルフィンちゃんである。

「でもなんでしょう、悪くないセンスです！　Ｕ・Ｍ・Ｒ・Ｐさんとは、不思議と仲良くなれそうな感じがしますわ！」

「ふむふむ。なかなか見所がありそうな者もいるようだね」

シルフィンちゃんを一瞥《いちべつ》し、うまるが満足そうに頷いた。

単にミーティングにくっついてきただけの存在なのに、ものすごい上から目線だ。

さすがのタイヘイもしびれを切らし、ついツッコんでしまった。

「お前それ、いったい何のつもりなんだ……？」

「お兄……いや、サブプロデューサー君は黙っていてくれたまえ。〝トライミューズ〟もとい〝Ｕ，ｓ〟のプロデュースについては、今後は私がメインで行うことにする。つまり私が神であり、ルールブックだ」

「はあ⁉」

開いた口が塞《ふさ》がらない、とはこのことである。

いちファンの立場から意見を言うだけ、という話はどこにいったのだろうか。うまるはもう、完全にプロデューサー気取りだった。

さすがに目に余るやりたい放題ぶりである。タイヘイは席を立ち、うまるにこっそりと耳打ちすることにした。

（いい加減にしろ。追い出すぞ）

（まあまあお兄ちゃん）

うまるも小声で答える。

（ただの素人《しろうと》女子高生の言葉じゃ、アイドルの子たちには何の説得力もないでしょ。ちょっとはハクのひとつも欲しいじゃん。ここは話を合わせてよ）

なるほど、会議における発言力を確保するため、あえて偉そうに振る舞っていたということか。

（まったく……だったら事前に一言くらい説明しておいてくれよ）

（こういうのはインパクトが大事なの。敵を驚かすにはまず味方からって言うでしょ）

言わない。

しかし今は、いつまでも妹の悪ノリにツッコんでいる場合ではないのだ。まずは〝トライミューズ〟を救うのが第一目的である。そのためのアイディアが出るなら、ミーティングに謎の新プロデューサーが現れようが、そいつがどんな奇抜な言動をしていようが、別にどうでもいいことなのだ。

こほん、と咳払《せきばら》いをしたのち、タイヘイが口を開いた。

「えーと、みんなに説明しておくと、だ――」

結局〝トライミューズ〟の面々には、うまるを「数々のアイドルを成功《スターダム》に導いてきた伝説の名プロデューサー」と紹介することになった。ある意味嘘《うそ》は言っていない（ゲーム上だが）。

「へえ、すごいひとだったんですねー……」

「プ、プロデューサーが言うなら、まあ信用してもいい……です」

「よろしくお願いしますわ！　U・M・R・Pさん！」

三者それぞれ、とりあえずは納得してくれたようである。

「それで、うま――じゃない、U・M・R・P」うまるに向き直り、口を開いた。「結局その、〝U，s〟とかいう聞き覚えのない名前はなんなんだ」

「だから、ユニット名を変更したんだよ。三人ボーカルだから〝トライミューズ〟なんて安直な駄《だ》ネームじゃあ、ファンの購買意欲を高めることはできないからね」

「駄ネーム……？」

タイヘイの視線などまるで無視するかのように、うまるが続ける。

「この私が直々《じきじき》にプロデュースするアイドルユニットということで、〝U，s〟だよ。ぶっちゃけこっちのほうがカッコイイと思う」

「私《わたくし》もいいと思いますわ！　どこかで聞いたことがある感じですけれど！」

シルフィンちゃんが同意すると、残りのふたりも「そうだねー」「別にどっちでもいい」と賛成を表明する。彼女たちも特に〝トライミューズ〟という名前にこだわりはなかったのだろうか。これまでずっと彼女たちを育ててきたタイヘイとしては、なんだか複雑な気分であった。

「よし、じゃあこれから〝U，s〟で行こう」うまるが満足げに頷いた。「サブプロデューサー君もそれで異論はないね？」

「まあ、それがみんなの意見なら別に文句はないよ。俺より、みんなの感性を大事にしてほしいしね」

残念な気持ちもなくはないが、ユニット名からリニューアルするというのも悪くない手段かもしれない。心機一転して良い結果を生み出せれば、それに越したことはないのだ。

「発売予定の『ウルトラ♡ステディ』も、〝U，s〟名義に変更しておくよ」

タイヘイの言葉に、うまるが「雑事はよろしく頼むよ」と応《こた》えた。この妹、どこまでも上から目線を貫くつもりのようである。

「それより本題はこの新曲を、あと二か月弱でどうやって一万枚売るかっていうことなんだけど」

「二か月で一万枚って、結構ハードですよね……」

海老名ちゃんが、困ったように眉尻を下げる。

まあ、無理もないだろう。一年ばかり芸能活動の真似事をしてみたとはいえ、知名度はそこらの地下アイドル以下なのだ。ほぼ素人だと言ってもいい。

そんな子たちにとっての一万枚は、途方もない数字なのだろう。

「あ、あの」きりえちゃんがおずおずと手を挙げた。「す、少しでも売り上げを伸ばすために、いっそ値下げしちゃうとか……どうでしょう？　一曲百円とか」

「いや、さすがにそれは俺の一存では……。それに事務所が大損しちゃったら、それこそ解散宣告されちゃうかもしれない」

タイヘイが首を振ると、きりえちゃんは「そうですよね」と俯《うつむ》いた。

普段こういう場では口数少ない彼女でさえ、こうしてアイディアを出そうとしてくれているのだ。彼女たちなりに、この状況をなんとかしようと一生懸命なのだろう。

タイヘイは少し胸が熱くなるのを感じた。

「では、知名度を上げるという方向はいかがでしょうか？」

リーダーのシルフィンちゃんが、にっこりと表情を輝かせる。

「たとえばほら、ドーム球場でライブをするとか！　何万人もお客さんが入るんですもの！　一万枚販売なんてすぐ達成できますわ！」

「ど、ドーム球場って……私たちが⁉」

何万人もの聴衆の前でライブをしている自分たちを想像したのか、海老名ちゃんが、あわあわと慌て始めた。

「ごめん。ドームも無理」タイヘイが苦笑いを浮かべる。「ドームの使用料なんてとんでもない額、まず事務所から予算が下りないよ。よしんば下りたとしても、それを入場料から回収できる見こみは正直、ないかな……」

「あんまり人気ないですしね、私たち」きりえちゃんが、ぼそりと呟いた。「小さめのライブハウスだって満員にしたことないのに……」

それは紛れもない事実なので、誰も反論はできなかった。悲しいことに。

「まあ、知名度を上げるって方向性は間違っていないがね」

そう呟いたのは、謎のプロデューサーU・M・R・Pである。

「ただ、今の状況だと、ライブとか繰り返してもしょうがないと思う。楽曲を知ってもらう前に、まずは一番大事なことをお客さんに伝えなくちゃ」

「一番大事なこと？」

タイヘイは首を傾げる。音楽を買ってもらう際に、その音楽を知ってもらうこと以外に何が大事だというのだろう。

うまるは、ばん、と机を叩き、周囲を見回しながら口を開いた。

「それは——アイドルのキャラクターだよ！」

「キャラクター……？」

うまるの無駄な迫力に、海老名ちゃんが息を呑《の》む。

「アイドルの魅力は、実は歌じゃない。キャラクターなんだ。お客さんに『可愛い』って思わせれば勝ちなんだよ。個々のキャラに惚《ほ》れさせちゃえば、あとはお客さんが勝手にゲイツマネーを注ぎこんでくれるもんなんだよ」

「ゲイツマネーって何だよ……」

それもゲームの専門用語だろうか。相変わらずコイツの理論はわけがわからない。

「個々のキャラに惚れさせれば勝ち……これには一理ありますわ！」

シルフィンちゃんが力強く頷いた。

「テレビで活躍中のアイドルの皆さんも、そのグループ全体っていうより、個々のアイドルがファンを惹《ひ》きつけている傾向がありますわよね」

きりえちゃんが「なるほど」と手を打った。

「推《お》しメンとか総選挙とか……確かにそういうのはあるかも」

タイヘイも「ふむ」と頷く。この発想は、今まで自分の中になかったかもしれない。

この一年、〝トライミューズ〟がやってきたことといえば、せいぜいが小規模ライブくらい。あとはひたすらボイストレーニングとダンスレッスンである。

とにかくユニットとして記憶してもらおうと奮闘を重ねてきたが、個人のキャラクターを魅《み》せる努力は特にしてこなかった。うまるの言う通り、彼女たちのそれぞれの魅力を引き出すことが、逆転の秘策なのかもしれない。

アニメ・ゲーム漬けの干物妹《ひもうと》の意見とはいえ、なかなか捨てたものではないではないか。

「問題は」タイヘイがうまるに視線を送る。「どうやって、お客さんに〝U，s〟ひとりひとりの魅力を伝えていくかだけど」

「そこは私に任せてくれ。みんなの個性を最大限に発揮するためのプロジェクトは、すでに頭の中に準備しているから」

　うまるが自信ありげな笑みを見せる。

「サブプロデューサー君には、それを実行するためにちょっと走り回ってもらうことになるが……大丈夫だね？」

「多少の苦労は覚悟の上だけどな……。でも、そもそも何をするんだ、そのプロジェクトってのは」

「それはもちろん――」

　うまるが語りはじめた計画を聞いて、タイヘイは耳を疑った。

〝U's〟の三人も同様のようで、三者三様に色めき立っている。

「え、そ、そんなことまでするんですか」

「正直、想定の範囲外だった……」

「面白そうじゃありませんか？　私《わたくし》、これはイケると思いますわ！」

　うまるのアイディアは斬新なものだった。これまで音楽活動中心だった〝トライミューズ〟を、根本から革新するものである。ハマりさえすれば、状況を大きく変えることができるかもしれない。

「賭けてみる価値はある……か？」

タイヘイは、ごくりと息を呑む。

リスクの高い挑戦ではあったが、今のところこれ以上の対案も思いつかない。手をこまねいたまま解散を待つくらいなら、チャレンジしてみるのもいいだろう。

会議室の面々を見回し、タイヘイは口を開いた。

「よし。それじゃあ、その計画で行こう。……大丈夫だよな、メインプロデューサー」

「ああ。大船に乗った気分でいてくれたまえ。悪いようにはしないから」

自称伝説のＰ《プロデューサー》が、白い歯を見せて答える。

その根拠のない自信に一抹《いちまつ》の不安を覚えてしまったのは、おそらくこの場ではタイヘイひとりだけだったのかもしれない。

※

「ＯＫ、それじゃあ、視線はこっちにもらえるかしら」

「あ、はい……え、と。こ、こうですか？」

海老名ちゃんが小首を傾げるようなポーズを取ると、室内には小気味良いシャッター音が響き渡った。連続発光するストロボが、彼女の瑞々《みずみず》しい肢体《したい》を鮮やかに照らし出す。

「いいわいいわぁ。それじゃあ次はそこに寝そべって。……うん、そうそう。谷間を強調する感じよ。……ああ、そうそう。すごくいいわ」

「ううう……は、恥ずかしい……んです、けど……」

「グッド！ その恥じらい顔が実に素晴らしいわっ！ 表情はそのまま！」

撮影者にカメラを向けられるたびに、少女の頬《ほお》はますます赤く染まっていく。だが無理もない。彼女にとっては、生まれて初めてのグラビア撮影なのだ。

「海老名ちゃんだっけ？ ほんと、十六歳とは思えないセクシーさだわ。いっそグラビアアイドルにならない？ 売れないアイドルなんかより、グラビア専門のほうが将来性あると思うわよ」

業界でも有名な、都内のフォトグラビア用撮影スタジオである。

純白の背景布、大型のレフ板、ストロボ用アンブレラ——それら本格的な撮影機材に囲まれ、海老名ちゃんは引きつった笑みを浮かべていた。

「いえ、あのう。それ専門はちょっと……」

「そう？ でも気が変わったらいつでもこっちの世界に来てよね。なんたってあなた、アタシが見こんだ十年にひとりの逸材なんだから」

カメラマンに褒《ほ》められるとは思っていなかったのか、海老名ちゃんはなんだか面食らっている様子であった。

「は、はあ……きょ、恐縮です」

彼女が身につけているのは、真っ白なワイシャツである。小柄な彼女には不釣り合いなくらいのぶかぶかサイズ。穿《は》いた下着を除けば、彼女が身に着けているものはそれだけだったりする。

艶《なま》めかしい生足はシーツの上に投げ出され、ミルク色の太ももを惜しげもなくファインダーに晒《さら》している。大胆に露出してしまっているたわわな胸元も、隠すわけにはいかない。ボタンを留めるのは三段目から、とカメラマンに指示されてしまっているからだ。

俗にいう、裸ワイシャツ状態である。

よほど緊張しているのだろう。さきほどから落ち着かない様子だった。視線が定まらず、背中側に至っては、冷や汗のせいでワイシャツがぺったりと張りつき、透けてしまっているほどだった。おかげで、やたらと扇情《せんじよう》的な有様である。

「やっぱりうまるの読み通りだったね。海老名ちゃんはいいモノ持ってるよ」

撮影の様子をスタジオ入り口から覗《のぞ》きこんでいるのは、先週のミーティング同様、変装ルックに身を包んだうまるだ。タイヘイが一緒でなければ、すぐにでも不審者としてつまみ出されそうな出で立ちである。

そのあたり、本人は特に気にする様子もないらしい。謎のプロデューサーだと割り切っているのだろうか。平然としたものだった。

「あのキュートでダイナマイトなルックスなら、一気にファンを獲得できるはず。これは大当たりの予感！」

「なんたって天下のＹＪ《ヤンジャン》グラビアだからな。見てくれる母数が違う」

本格的な撮影スタジオを目《ま》の当たりにして、タイヘイも感心していた。機材のグレードやスタッフの人数など、荒矢田プロのちゃちな撮影室とはわけが違う。さすがは一流出版社御用達《ごようたし》のスタジオというわけだ。

「でも、たった一週間でＹＪ編集部に渡りをつけるなんて、お兄ちゃんもやるじゃん」

「いや、そこは俺もビックリしてるんだよ。まさか編集長直々に『ぜひウチで』なんて言われるとは思わなかったからさ」

海老名ちゃんの魅力を最大限発揮するには、やっぱりグラビア撮影だよね！　――というのが、先週出されたうまるの意見だった。

しかし、いくらグラビアの仕事をやりたいと言っても、掲載してくれる媒体《ばいたい》がなければお話にならない。そこでタイヘイは、海老名ちゃんのスナップ写真を片手に、めぼしい出版社に営業をかけることにしたのだが……これが意外なことに、引く手あまただったのだ。

どの出版社の担当者も目の色を変えて、海老名ちゃんのグラビアを掲載したいと申し出てくれたのである。

「この子は絶対グラビアで光る」「素朴な感じがたまらない」「大人しそうな顔なのに、あのスタイルは反則」と。

驚愕《きょうがく》の結果であった。まさかあの常日頃から慎ましい海老名ちゃんが、グラビア界から引っ張りだこにされようとは。

「しかしあざとい……。あざとすぎだよな、この売り方」

「いやいや。海老名ちゃんのステータスを考えれば、妥当《だとう》な采配《さいはい》だよね」

うまるが含み笑いを浮かべる。

「多少あざとくたって、まずは認知されなくちゃファンになってもらえないんだよ。昨今の全年齢向けのアイドル育成ゲームだって、このくらいのお色気営業はお約束じゃん」

「そういうもんなのか……？」

スタジオに目を向ける。

海老名ちゃんは相変わらず茹《ゆ》で蛸《だこ》のように顔を真っ赤にしながら、カメラに精一杯の笑顔を向けていた。根が真面目ゆえに、与えられた仕事がどんなものでも、一生懸命やろうと努力してしまうのだろう。本当にいい子である。一周回って不憫《ふびん》なくらいに。

タイヘイにできることは、こうして陰《かげ》ながらエールを送ることくらいだった。終わったらせめて、美味《おい》しい焼き肉でもご馳走してあげよう。

「さて、次に行こうか」うまるが、くるりと踵《きびす》を返した。「みんなのソロ活動をプロデュースするのが、メインプロデューサーの役目だからね」

「すっかり本職気取りだな、お前。まあいいけど」

やれやれと肩をすくめ、タイヘイもうまるに続く。プロデューサーの仕事は忙しいのだ。

※

コンサートホール近くに集まる人だかりを見て、うまるが「してやったり」とばかりにほくそ笑んでいる。

「計画通り。こっちも盛況みたいだね」

撮影スタジオを離れ、次にふたりが向かったのは、郊外の大規模コンサートホールであった。今夜このホールでは、とある国民的アイドルグループのライブイベントが開催される予定なのである。

現在時刻は、お昼を少し回ったところ。夕方の開場時間まではまだまだあるというのに、すでに結構な数の来場者がいるようだ。

「やっぱすごいよな。第一線のアイドルグループは」

タイヘイが感嘆のため息を漏《も》らす。ホール近辺に集まっているフライング来場者の数は、ぱっと見で数百人は下らないだろう。

彼らの目的はもちろん、会場近くのテントで行われる物販である。ポスターやＣＤ、Ｔ

シャツなどの限定グッズを手に入れるため、ライブに先んじて集合しているというわけだ。

イベントを行うアイドルに集客力があり、なおかつ事務所に充実した物販を行えるだけの資本がなければ展開できない芸当である。弱小事務所所属のタイヘイとしては、なんとも羨《うらや》ましい光景であった。

「荒矢田プロじゃ、こんなにひとは集められないもんな」

「だからこそ、そこに便乗しちゃおうってのが今回の目論見《もくろみ》じゃん？」

うまるが、物販テント横にこっそり立てられた看板に目をやった。

看板には、駐車場への順路を示す大きな矢印とともに、「〝U，s〟本場《もとば》切絵《きりえ》握手会『きりんりんシェイク』特設会場」という案内が記載されている。

アイドルファンにとっても、「誰これ？」という名前だろう。看板の前で首を傾げている者も多かった。

しかしそれでも、そのうち幾人かは興味を持ってくれたらしい。こんなところで、国民的アイドルに便乗してコッソリ握手会を開こうという人間は何者なのか。それが気になって、駐車場のほうへと足を向ける人たちがちらほらといた。

こうなればもう、うまるの思うつぼであった。

「名づけて、オペレーション・便乗握手！　有名アイドルグループの知名度を最大限活用しちゃおうっていう作戦だよ！」

「ウチみたいな弱小が普通に握手会なんか開いても、まずお客さん来ないしな……。これしか手段がないのはわかるんだが」

タイヘイが眉間に皺を寄せる。

「しかし改めて考えると、プライドの欠片《かけら》もない作戦だよな」

「今の〝U，s〟に必要なのは、プライドよりも知名度なんだってば。だいたい綺麗事だけじゃ、この業界は渡っていけませんぜ、旦那」

U・M・R・Pが、ニヤリと口元を歪《ゆが》める。とんだ悪徳プロデューサーである。

もっとも、うまるが今回提案した一連のプロデュース企画には、タイヘイだけでなく〝U，s〟全員が承諾しているのである。今更文句を言っても仕方がない。

若干腑《じゃっかんふ》に落ちないものを感じつつも、タイヘイは駐車場のほうへと向かうことにした。

駐車場の片隅《かたすみ》に、特設テントが設置されているのが目に入る。『きりんりんシェイク』の会場だ。さすがにホール入り口近くの混雑にはほど遠かったが、こちらにも数十人程度の人の輪ができているようだった。コバンザメのごとき便乗作戦でも、これならそこそこ成功しているといえるかもしれない。

「お、きりえちゃん発見」

テントの下では、きりえちゃんがひとりのアイドルファンの男性と向かい合っているところが見えた。邪魔をしないように近づき、様子を窺《うかが》ってみることにする。

「握手会、うまくいってるといいんだが……」

今日のきりえちゃんの衣装は、どうやら学校の制服を意識したスタイルのようだ。チェック柄のミニスカートに、半袖の白セーラー。襟元のデザインは、スカートと同じ柄に統一されている。もっとも目を引くのは、胸元の大きな赤いリボンだ。一見するとやや派手な印象だが、足元の黒ストッキングが全体のバランスを引き締めており、浮ついた感じはない。キュートでフェティッシュな雰囲気を醸《かも》し出している。

「なかなかいい衣装でしょ」と、うまる。「アイドル育成ゲームでも、スクール系衣装はファン人気高いからね」

「ああ、衣装もお前が口出してんのか。何から何まですごいな」

「ま、これでも伝説のP《プロデューサー》だからね」

うまるが得意げに指で鼻をこする。

テントのほうに目を向けると、タイヘイと同年代のサラリーマンふうの男性が、きりえちゃんに手を差し出しているところだった。

「え、ええと……君が本場切絵ちゃん？　新人さんなんですか？」

見知らぬアイドルに多少気後れしているのだろうか。男性の笑みは少々ぎこちなく、差し出した右手にも強張《こわば》りが見て取れる。

もっとも緊張度合いで言えば、当のきりえちゃんのほうが遥《はる》かに上だったのだが。

「は、ははは、はい！　ま、まだまだ新人でひゅ！」

噛んでいた。震える手で握手をしながら、彼女は思いっきり噛みまくっていた。

「ええと。可愛いですね。その制服……」

「え⁉　あっ……⁉　べ、別にそんなっ……！」

アイドルファンに褒められ、耳まで真っ赤になるきりえちゃん。どう応えていいかわからない、といった様子で、口をもごもごとさせている。

彼女はもともと、他人と話すのがあまり得意ではない少女なのである。

ファンと直《じか》に接する握手会。しかも彼女にとっては初めてのソロ活動。緊張しないはずがない。きりえちゃんにとってこの状況は、想像を絶するほど過酷な試練のはずなのだ。

「こっこ、これからも、応援……よろ、よろしくです！」

だが、新米アイドルとはいえ、彼女もプロなのだ。なけなしの対人コミュニケーション能力を総動員するかのごとく、きりえちゃんは全身全霊で微笑んでみせた。

「(ニコオッ)」

「ひっ」

どうやら笑顔に力が入りすぎだったらしい。下からメンチを切っているような表情に怯えたのか、お客さんも声を震わせている。

「あ、あのう。何か怒ってます？　なにか悪いこと言ったかなあ……」

「い、いえいえっ……！　めめめ、滅相《めっそう》もござませ……ございませせぬっ！」

まるで内心の動揺を誤魔化《ごまか》すかのように、きりえちゃんは握った手をぶんぶんと上下に振ってみせた。あまりにもぎこちないカクカク握手である。

この様子にはもう、うまるも苦笑いするしかなかったようだ。

「ガチガチになっちゃってるなあ、きりえちゃん。あれなら格ゲーのポリゴンキャラのほうが、まだ滑《なめ》らかな動きするよね」

「大丈夫かな、あれ……」

タイヘイがごくり、と息を呑む。やはりきりえちゃんには、握手会は荷が重かったのかもしれない。いったん中止させたほうがいいのではないか——と、言いかけたのだが、

「だけど、それがいいんだよね」

と、うまる。

「ん？　どういう意味だ？」

タイヘイの疑問に答える代わりに、うまるが手にした携帯の画面を向けた。

画面に表示されているのは、『きりんりんシェイク』に関するリアルタイム呟きのまとめページである。

『新人アイドルさんが上目遣《づか》いで睨んでくれるイベントです』『特殊なご褒美《ほうび》ですな』『何かに目覚めそう』『たどたどしい口調がまたいいよね』『本場切絵……これからブレイクす

るかも』……などなど。

不思議なことに、ファンの評価は概《おおむ》ね肯定的なものばかりのようだ。端から見ればハラハラするような握手会なのに、きりえちゃんの認知度は確実に上がっている。

「こんなこともあるんだな」

驚くタイヘイとは対照的に、うまるは何やら訳知り顔で口を開いた。

「新人ゆえの不器用さっていうのかな。そういうのって、アイドルファンとしては応援したくなるもんだよね」

「なるほど……そこは大手の優等生アイドルにはない魅力だもんな。この会場のひとたちには、ある意味新鮮に映ったのかもしれない」

そういう効果まで見越してこの便乗握手会を計画したのだとしたら、うまるはとんでもない慧眼《けいがん》の持ち主である。伝説のＰ《プロデューサー》恐るべし。最近のアイドル育成ゲームじゃ、そんなシビアな駆け引きまで要求されるのだろうか。

うまるが、自信ありげに微笑んだ。

「この分ならきっと、シルフィンさんのほうも大丈夫そうだね」

※

とあるテレビ局のスタジオには、張り詰めた空気が漂っていた。

「――それでは赤の方が席にお戻りになって、次の問題」

司会の男性タレントの渋い声色《こわいろ》に、会場中が固唾《かたず》を呑む。

赤。青。白。緑――。四色の解答席に座るのは、四人の新人アイドルだ。

番組名は、『クラック25 フレッシュアイドルスペシャル』。

本日解答者として出演している新人アイドルたちは、それぞれ別な事務所に所属するライバル同士である。クイズで優勝すれば、来季の番組テーマソングを担当する権利を得られるのだ。メディア露出を賭けた、負けられない戦いというわけである。

彼女たちはいずれも緊張の面持ちで、手元の早押しボタンに手をかけていた。

「…………」

沈黙がスタジオを支配する。観客の耳に届くのは、決戦に臨む少女たちの息遣いだけだ。

司会がちらとスクリーンを見やる。

「どなた様にも逆転のチャンスがあります。行ってみましょう、クラック・チャンス！」

会場中央に設置されたそのスクリーンには、二十五枚のパネルが映し出されていた。

解答者は正解ひとつにつき、パネルをひとつ自分の席の色で埋められる。そうやって陣地を増やしつつ、オセロの要領で挟んだ敵の陣地を奪い取るのだ。これが、この人気クイズ番組の基本ルールであった。

現在までに埋まっているパネルは二十三枚。そして幸運なことに、空いているパネルのうち一枚は、下段の一角――どの色がそこに入ろうと、大きく勢力図が塗り替わる位置である。そこさえ押さえれば、いずれの解答者にも逆転の可能性が考えられる状況だった。

つまり次の問題で、今回の優勝者が決まるというわけだ。

所属グループの栄光をかけた真剣勝負……。勝利をつかむのは、いったいどのアイドルなのか。

解答者たちの頭上に、雌雄《しゆう》を決する問題アナウンスが鳴り響いた。

「世界的に有名な格闘ゲーム『Space Stream Fighter』シリーズ。このゲームに登場する、スモウレスラー〝エドワード本田《ほんだ》〟が、頭突きの威力を上げるために髷《まげ》の中に仕こんでいるものとは？」

問題文が最後まで読み上げられたものの、早押しボタンを即座に押そうとする解答者はいなかった。無理もない。出題元が往年の格闘ゲームなのだ。十代の新人アイドルたちにとっては厳しい設問と言えるだろう。

たったひとりを除いて、の話だが。

「この問題、もらいましたわああっー！」

スタジオに、ポーンと早押し音が鳴り響いた。

満を持してボタンを押したのは、青の席の解答者である。席の色と同系統の、水色リボンのワンピースに身を包んだアイドルだ。

爛々《らんらん》と目を輝かせる髪の長い少女に、カメラが寄った。整った目鼻立ちがアップになる。モニターに自分の顔が映ってもなお、少女は勝気な笑みを崩さない。絶対の自信の表れなのだろう。

そう。何を隠そうこの少女、橘・シルフィンフォードは、業界屈指の格闘ゲームマニアだったのだ。

司会がシルフィンちゃんに目を向ける。

「それでは青の方」

「答えは〝豚骨《とんこつ》〟！　本田の髷に仕こまれているのは、豚さんの骨ですわ！　ブランジャの電撃攻撃で確認できます！」

ビシリとカメラに指を突きつけ、シルフィンちゃんが叫ぶ。

一瞬の静寂ののち、司会が「んー！　結構！」と満足げに頷いた。

スタジオに響き渡る、正解のＳＥ。観客席からも称賛の拍手が起こる。やたらとコアな知識を有するアイドルの姿に、「ほほう」と唸る格ゲーファンもいた。

これでアイドルクイズ王の座は、青の席の少女が制したも同然というわけだ。他の席の解答者たちが渋い顔を浮かべる中、彼女だけがニコニコと口元を緩めていた。

シルフィンちゃんの勝利を讃《たた》えるかのように、司会が彼女に目を向ける。

「さて、この局面で彼女が選ぶパネルは僕でもわかる。青の方、さあ、何番？」

空いているパネルは上段の〝1〟と、下段の〝25〟。下段にシルフィンちゃんの青が飛びこめば、他のパネルをひっくり返して逆転勝利が確定する。それは、火を見るよりも明らかなことだった。司会も観客も他の解答者も、誰もが皆、シルフィンちゃんがそこを選ぶと信じて疑っていなかったのだ。

しかし当の彼女が選んだのは——。

「もちろん〝1〟ですわ！」

シルフィンちゃんの意外な選択に、会場中が耳を疑った。

「なんでそこ⁉」「何もひっくり返らないのに！」「意味がわからん！」

疑問の声の中、ポーンと間抜けな音を立てながら、巨大スクリーンのパネルの〝1〟が青色に変わった。もちろん勝負の趨勢《すうせい》に影響はない。青の席のアイドルは、自分で自分の逆転の可能性を潰してしまったのだ。

司会の男性が、意外そうな表情で首を振る。

「ああっ、なぜ下を取らない！　何かお考えがあってのことなのか！」

「決まってますわ！　だって〝1番〟ですもの！　あのパネルは、この私《わたくし》、橘・シルフィンフォードのものなのですわ！」

シュバッと席を立ち、シルフィンちゃんは高笑いを浮かべる。

「プロデューサーさん！　ご覧になりましたかー⁉　私《わたくし》、１番を取りましたわー！」

意味不明な勝利のガッツポーズだった。青の席の少女は、大仕事をやり遂げたあとのような、なぜか晴れがましい面持ちである。

もっとも、スタジオの空気はそれとは正反対である。完全に困惑ムードに支配されてしまっていた。司会も観客も対戦相手も、誰もがポカン、と間の抜けた表情を浮かべている。

もちろん、呆気《あっけ》に取られていたのはテレビの中の人々だけではない。

この番組を視聴していたお茶の間の誰もが、おそらく同じように開いた口が塞がらなかったことだろう。コーポ吉田《よしだ》の一室――土間家のフローリングの部屋でテレビを観ていたタイヘイでさえ、口に含んでいたお茶を噴き出しそうになってしまったくらいなのだ。

「……１番って、それは違うだろ、シルフィンちゃん」

画面の中の彼女がぶんぶんと大きく手を振っているのを見て、タイヘイはつい苦笑いをこぼしてしまった。シルフィンちゃんはときどき、ああいう独特の変わった感性を発揮することがあるのだ。天才肌というか、常人にはなかなか理解しにくい面があることも否《いな》めない。

フローリングにごろりと身を横たえる妹に向け、タイヘイが尋ねる。

「で、これもお前の計算通りなのか」

「もちろん」スナック菓子を頬張りながら、うまるが答えた。「シルフィンさんのキャラを遺憾《いかん》なく発揮してもらうためには、やっぱりクイズ番組がいいかなって。他のアイドルと比べられる場面でこそ、シルフィンさんは輝くと思ったんだよね」

「確かに今日も、珍解答やらで一番目立ってはいたけど」

番組の中では、次の設問で正解した赤の席の解答者が、あっけなく優勝を決めているところだった。

しかしどういうわけか、「1番ですわー」とご満悦なシルフィンちゃんのほうが目立っている雰囲気である。テレビカメラも終始彼女のほうに寄り気味だった。

きっと今頃、視聴者の中には「あの変なアイドル何者だよ」と検索エンジンを走らせている者もいることだろう。優勝こそ逃《のが》したものの、シルフィンちゃんの不思議な言動は、人々の脳裏《のうり》に強い印象を残したのだ。

「試合に負けて勝負に勝った……ってことか」

「そうそう。この調子で行けば、シルフィンさんの人気も鰻《うなぎ》登りに違いないね。ぬへへ」

変な笑いを浮かべ、うまるがコーラのボトルを両手で抱えた。

ごきゅごきゅと炭酸で喉を潤すその表情は、幸せそのものである。祝杯代わりのラッパ飲み、というところだろうか。

「ぷっはー！　いい仕事したあとは、コーラが旨い！」

「まあ実際、海老名ちゃんもきりえちゃんも、ネット上でちらほら名前を見かけるようになってきたしな。ひとりひとりのキャラを立てるっていうお前の方針は、ある程度成功してるのかもしれない」

呟くタイヘイの顔を、うまるが得意げな笑顔で覗きこんでくる。

「どうよお兄ちゃん！　うまるのプロデュース力に恐れ入った？　ねえねえ、恐れ入った？」

「まあ、そうだな」

ふう、とため息をつき、タイヘイはテーブルの上に湯呑《ゆの》みを置いた。

うまるの計画が予想外に成功したおかげで、〝U，s〟を売り出す計画は着実に進行している。本来なら喜ぶべき場面なのだろうが、しかしなぜだろう。タイヘイはどうしても、手放しで安堵《あんど》することができなかったのである。

「ここまで上手くいくと、どうにも良くない予感がするんだよな……」

そして良くない予感というものは、往々《おうおう》にして当たってしまうものなのだ。

※

社長によって設定された期限まで、残り二十八日。

「はあ……これは迂闊《うかつ》だった」

コロンビア

タイヘイはこの夜、またしても自宅のPC前で頭を抱えていた。

「どうしたの、お兄ちゃん。そんな切羽詰《せっぱつ》まった顔して。好きな漫画の打ち切りでも決まっちゃったの？」

足元には、フードを目深《まぶか》に被ったうまるがいつものように寝転がっていた。なにか携帯ゲームをやっているらしく、片耳だけイヤホンを突っこんでいる。

うまるはタイヘイを見上げながら、きょとん、と首を傾げた。

「実際、切羽詰まってるんだよ。漫画じゃなくて仕事の話だけど」

「ははあ、また仕事の悩みか」うまるが眉をひそめる。「でも〝U'ｓ〟はイイ感じにまとまってるじゃん。みんなそれぞれ、うまるプランに沿ってソロ活動頑張ってるみたいだし」

「まあ、確かにそうなんだが――」

最終期限まで残り一か月を切った今でも、〝U'ｓ〟の三人は精力的な活動を行ってくれていた。

海老名ちゃんのグラビアは今や十誌以上で掲載されているし、きりえちゃんには単独握手会で地方遠征ができるぐらいには固定ファンがついた。シルフィンちゃんに至っては、バラエティの華としてゴールデン番組に進出し始めているほどである。驚くべきことに、あのサングラスで有名なモリタさんとも顔見知りらしい。

「問題は、みんなソロ活動を頑張りすぎたってことかもな」

「それって問題なの？」

眉根を寄せる妹に、タイヘイはＰＣの画面を示して応えた。

「これ見てくれよ。今さっき社長から送られてきた資料だ」

画面に表示されているのは、〝Ｕ，ｓ〟名義のファーストシングル『ウルトラ♡ステディ』の売り上げ枚数である。先週末までの累計分らしい。

「八百五十……って書いてある」

「少ないよな。目標の十分の一にも届いてない」

はあ、と深いため息をつく。

タイヘイも正直、ここまで事態が切迫しているとは思っていなかった。なんとなく勝手に、五千、六千枚くらいは売れているものだと高《たか》をくくっていたのである。

しかし、これが現実。

〝Ｕ，ｓ〟の新曲売り上げは、この一か月で千枚にも届いていなかったのだった。

「なんでこんなに少ないの？」うまるが唇を尖らせる。「〝Ｕ，ｓ〟のみんな頑張ってるじゃん。海老名ちゃんたちの名前、ネットニュースでもちらほら目にするようになったんだよ？　なのに曲がぜんぜん売れてないってのはおかしくない？」

「頑張ってるのは海老名ちゃんたちであって、〝Ｕ，ｓ〟じゃないからな」

「え？」

「かいつまんで言うとだな。アイドル個人としてはそこそこ人気が出たけど、ユニットとしての〝U's〟は存在感皆無……って話なんだ」

目を丸くする妹をよそに、タイヘイが続ける。

「三人それぞれがピンで活動しすぎてて、一般的なお客さん視点じゃ、アイドルユニットを組んでるって認識自体ないのかもしれない。名前も〝U's〟に変えたばっかりだし……楽曲の認知度なんて、限りなく低いだろうな」

「あー……」うまるが顔をしかめる。「キャラクター性を伸ばす方向の育成が裏目に出ちゃった感じか……。三人一緒のライブとか、最低限しかやってなかったからね」

「そのあたりは俺も読み違えてた。失敗だったな」

「むう……現実のプロデュース業だと、リセットして最初からってわけにもいかないもんね。どうしたものやら」

兄妹で、顔をしかめ合ってしまう。

「残りは二十八日。ここから路線変更して巻き返しとなると、正直キツイかもな……」

タイヘイは眼鏡を外し、天井を仰ぐ。残念ながら打開策は何も思いついていなかった。

状況としては、一か月前に逆戻りしたに等しい。しかも期間が半減している分、より厳しい状態に陥っているのだ。

「ごめん、お兄ちゃん。うまるプラン、あんまり役に立たなかったみたい」

「いや、そういうわけでもない。曲の売り上げに直接繋《つな》がることはないにせよ、おかげで海老名ちゃんたちだけは救えそうなんだ。そこは良しとしなきゃな」

うまるの頭を、さらりと撫《な》でる。しっとりとしたお風呂上がりの髪の毛が、なんとなく心地よく感じた。

頭を撫でられながら、うまるが首を傾げる。

「海老名ちゃんたちだけって、どういうこと？」

「ああ、お前には言ってなかったっけ」タイヘイは、再び眼鏡を掛け直した。「今回の売り上げ枚数が一万枚行かなかったら、俺、事務所辞めることになってるんだよ」

「ええっ⁉　な、なにそれ⁉」

よほど驚いたのだろう。うまるの手から、携帯ゲーム機が滑り落ちた。

「仕事辞めるなんて、うまる聞いてないよ⁉」

タイヘイが「実は」と口を開く。

「もともと社長からは、〝トライミューズ〟なんて即解散させろって言われてたんだよ。このままじゃ売れないからってさ。……でも、さすがにスカウトから育ててきた子たちを見捨てろって言われて、ハイそうですかと言うわけにもいかないだろ。だから社長に、『二か月で必ず売り上げを伸ばしてみせますから、解散は待ってください』って頼みこんだんだよ」

「もしかして、それで失敗したらクビになるってことなの？」

うまるの問いに、タイヘイがこくりと頷いた。

荒矢田プロのような零細事務所にとって、経費削減は最重要課題である。特に、所属アイドルへの給与やレッスン代というものは、毎月馬鹿にならない額なのだ。売れないアイドルユニットなど、すぐに排除したいと考えても当然だろう。タイヘイが自らの社員生命を賭けなければ、〝トライミューズ〟は二か月という猶予すら得られなかったに違いない。

「自分のクビをかけて、海老名ちゃんたちを守ろうとしたわけだ……」

うまるが「はあ」とため息をついた。

「お兄ちゃんってときどき、熱血っていうか……無駄に熱いとこあるよね」

「なんか、引っかかる言い方だな」

「でも、気持ちはわからなくないかなあ。うまるだって、一年間みっちり育て上げたMMOのセーブデータが没収されるって言われたら、死ぬ気で抵抗すると思うし」

何やら頷いていたが、そのたとえはよくわからなかった。

ともかく、とタイヘイが続ける。

「お前のプロデュースのおかげで、海老名ちゃんたちは大丈夫だと思う。〝U，s〟がなくなっても、あの人気ならソロでなんとかやっていけそうだしな。……今の状況じゃ、俺は条件が達成できなくてクビになるかもしれないけど」

「海老名ちゃんたちが大丈夫でも、お兄ちゃんがクビになったら意味ないじゃん」

ぶー、と、うまるがジト目を向ける。

「仕事もせず、日がな一日家でごろごろテレビ観てるだけのお兄ちゃんなんて、うまるイヤだからね。干《ひ》物兄《ものあに》なんて最悪すぎるよ」

「お前にそう呼ばれるようになったら、さすがに俺も終わりだろうな」

肩をすくめ、タイヘイはＰＣに向き直る。

現在の楽曲売り上げは八百五十枚。残り一か月弱で、九千枚以上売り上げなければ失職である。常識的に考えれば不可能だろう。何らかの奇跡が必要だった。

「さて、どうしたもんか……」

タイヘイが考えこんでいると、うまるが「ねえ、お兄ちゃん」と、上目遣いで呟いた。

「もうちょっとの間だけ、うまるに〝Ｕ，ｓ〟のプロデュースを任せてくれたりしない？」

「え？」

「実はお兄ちゃんと〝Ｕ，ｓ〟のみんなを助けられる、最後の手段があったりしまして」

「最後の手段？　なんだそれ」

「うん。ほら、再来週、〝Ｕ，ｓ〟が出るライブイベントがあるじゃん？」

タイヘイが「そうだな」と頷く。

中央公園の野外音楽堂で予定されている、ミニライブイベントのことだ。複数のアイドルグループに交じって〝U's〟もそれに参加することになっている。メンバー三人揃《そろ》っての活動は、ずいぶん久しぶりのものだった。

「で、そのイベントがどうしたって」

「実はそこで、ちょっとした企画をお披露目《ひろめ》しようと思ってるんだよ」

うまるの言葉に、タイヘイは眉をひそめた。

「ちょっとした企画……？　何をするつもりなんだ」

「今はちょっと具体的に言えないけど――すごいことをやるつもり。いわゆるサプライズ企画ってやつだね」

サプライズ企画。タイヘイにすらまだ明かせないということは、よほど秘匿《ひとく》しなければならない事情があるということだろうか。

「正直、できれば使いたくない手段だったけど……お兄ちゃんがクビになっちゃうくらいなら、やるしかないもんね。うまるプランが失敗した責任もあるし」

フードを上げ、いつになく真面目な口調で言ううまる。不思議と自信はあるようだった。

「なにかよくわからんが……。八方塞がりの状況だしな。どんなアイディアでもいいよ。〝U's〟を救えるなら、なんでも試す価値はあると思うぞ」

もちろん俺の権限でできることに限るけどな――と、タイヘイが頷く。

「それを聞きたかったんだよね」うまるが、強気に口角を吊り上げる。「伝説のP《プロデューサー》の名にかけて、〝U's〟の曲を一万枚、必ず売り切ってみせるよ」

※

ダンスと曲が終了すると、客席からはまばらな拍手が聞こえてきた。

「はい、『ぱいん&あっぷる』のおふたりでした！」

司会の声とともに、派手めの衣装に身を包んだ少女がふたり、壇上《だんじょう》から降りてくる。

芸能事務所に勤めるタイヘイでさえ、知らない顔のアイドルだった。だいぶ緊張していたのか、階段を下りる足が震えているようにも見える。

そりゃ、緊張するのも当然だよな——と、タイヘイが心の中で呟く。

そうなのだ。今晩のイベントに参加しているのは、駆け出しだったり、無名だったりの若手アイドルだけ。いわばB級アイドルの寄せ集め的なライブイベントなのである。

とはいえ、決して気を抜いていい場所ではない。

こういうステージまでわざわざ足を運ぶ客層は、よほど熱心なアイドルファンか、次代の売れ線をチェックする業界関係者くらいのものである。当然、彼らの評価の視線は厳しい。五分間という短い持ち時間の中で、彼らに自分の持ち味を十分に示すことができた者だけが、トップアイドルへの道を歩むことができるのである。そういう意味では、登竜《とうりゅう》門的《もん》なステージだと言えるだろう。

舞台袖の通路で、タイヘイが腕時計に目を落とす。

「〝U，s〟の出番は……次の次か」

新たにステージに上がったグループを横目に見ながら、タイヘイは何度もプログラム表を確認したり、スマホを弄《いじ》ったりしていた。どうにも落ち着かないのだ。

社長の設定した最終期限まで残り二週間を切っている。タイヘイもひと通りの広告活動は行ったはずなのだが、残念ながら目に見えた効果はなかった。『ウルトラ♡ステディ』の売り上げは、いまだに千枚にも達していないという状況なのである。

今日のこのイベントは、〝U，s〟にとって、ふたつの意味で最後のチャンスといえる。楽曲を宣伝できる最後の機会であることは言わずもがな、そもそもその曲が売れなければ、〝U，s〟としてライブが行える最後の機会になってしまうのだ。

残された逆転の目は、うまるのサプライズ企画だけなのかもしれない。

「結局あいつ、何をする気なんだ？」

うまるは徹底した秘密主義を貫いており、詳細は今日になっても明かされることはなかった。彼女がプロデューサーとして Tmetter の〝U，s〟公式アカウントから告知しているのも、今日のイベントで「何かが起こる」という情報だけなのである。

「ここまで焦《じ》らされると、気になってしょうがない……！」

こうしてステージ脇で待たされている時間がもどかしかった。壇上の音楽など、まるで耳に入ってこないくらいなのだ。本来〝U's〟のメインプロデューサーであるはずなのに、タイヘイはこの場の誰よりも、そわそわと浮き足立っていたのである。

　そして待つこと十分、ついに司会がその名を呼んだ。

「――それでは、次は……　〝U's〟の皆さんですっ！」

『ウルトラ♡ステディ』の軽快なイントロとともに、少女たちがステージに駆けあがってくる。もちろんタイヘイにとっては、彼女たちの顔ぶれは見慣れたものだった。

　見慣れたものだった……はずなのだが。

「え……？　はあああああっ⁉」

　ステージに立った少女たちの姿に、タイヘイは度胆《どぎも》を抜かれてしまった。

　い、い、

　四人いる。

　信じられないことになんと、〝U's〟のメンバーが四人に増えていたのである。

「皆さん、こんばんはー！」

　ひとりの少女がステージ中央に進み出て、客席に向けて大きく手を振っていた。

　きらきらと輝く大きな瞳に、薄紅色の唇。ふわりと流れる長い亜麻《あま》色の髪。均整のとれたしなやかな肢体を包むのは、フリルとリボンがふんだんにあしらわれたステージ衣装だ。白を基本色にしたワンピースドレスは、花嫁衣裳をイメージしているのだろうか。頭の花飾りにもヴェール状の装飾がなされており、清楚《せいそ》で可愛らしい印象だ。

もちろんハムスターのフードも、謎の覆面もつけていない。これまでステージに出てきたどのアイドルよりも、可憐《かれん》で素敵な女の子――。

まさかの、うまる（外用フェイスで）登場である。

「初めまして、〝U，s〟の土間うまるです！　本職はプロデューサーですが、今日はセンターで歌ってみることにしました！」

伸び伸びとしたよく通る声が、客席に向かって放たれる。観客たちもまた、その少女の登場に、鳩が豆鉄砲を食らったような表情をしていたのだった。

「プロデューサー？」「プロデューサーがアイドルやってるのか？」「なんでプロデューサーがセンターを……？」「てか、それよりあの子、抜群に可愛くない？」

どよどよと観客席が沸き立っていた。つかみとしては、これ以上にないくらい大成功だろう。自らセンター宣言してしまうプロデューサーなど、前代未聞である。

「なにやってんだアイツは……!?」

目の前の光景に、タイヘイはあんぐりと口を開けざるを得なかった。

確かにサプライズである。タイヘイにとって、これ以上にないくらいのサプライズ企画である。プロデュースに関して「なんでも試す価値はある」とは言ったが、うまる自らが〝U，s〟の一員として前に出てくるとは思っていなかった。

素人がこんなとこに出てきて大丈夫なのか——タイヘイの心配はまずそこだった。

しかしステージ上のうまるは、そんな兄の杞憂《きゆう》など一蹴するかのごとく、軽やかなステップを刻み始めたのである。

「♪ハートのタイマー点滅したら　今すぐ勝負をかけたいね
光線ビームにボクはメロメロ　三分間のウルトラ♡ステディ」

手を広げてポーズを決め、左右にホッピング。リズムに合わせてくるりと一回転。ぱちりとウインクをしたのち、膝を内側に曲げる、曲げる、曲げる——。

本職の海老名ちゃんたちと比べても、まったく遜色《そんしょく》ないレベルの体捌《たいさば》きである。四人ともタイミングはバッチリ合っているし、呼吸も乱れず笑顔も崩れていない。素人とはまったく思えないくらい、見事なダンスであった。

うまるは確かに、家の外では大概《たいがい》何でも器用にこなす優等生ではある。だが、プロレベルのライブパフォーマンスをここまでバッチリ決められるようになるまでには、それなりの努力が必要だったに違いない。

「アイツ、実はこっそり練習してたのか……？」

そういえばここ最近、うまるが外に遊びに行く機会がやたら多かった気がする。普段ならアニメやらゲームやらのインドア趣味万歳《ばんざい》の干物妹《ひもうと》のくせに、近頃は妙にアクティブな活動をしていたようなのだ。

おそらくこのサプライズ企画のために、〝U，s〟のみんなとライブの特訓をしていたのだろう。あの妹、ダラケてばかりに見えて、陰ながら汗をかくのが得意だったりするのだ。

「♪遙かな宇宙に思いを馳《は》せて　一緒に行こうあの星雲《ほし》へ
全身スーツはメタリック　銀河の果てのウルトラ☆ステディ」

〝U，s〟の歌声に、観客席から感嘆の声が漏れる。身内の贔屓目《ひいきめ》を抜きにしても、彼女たちのパフォーマンスの完成度は高いのだ。

今や、観客は客席に座るひとたちばかりではない。公園を散歩中の通行人たちも、足を止めて〝U，s〟のステージに魅入っている。それだけ彼女たちが、視線を引きつける魅力の持ち主だということだろう。

「この歌、結構いいかも？」「なんて言ったっけ。〝U，s〟？」「DL《ダウンロード》してみようかな」「プロデューサー自ら歌って踊れるアイドルユニットって、新しすぎだろ」

舞台袖のタイヘイの耳に、そんな観客たちの呟きが聞こえてきた。うまるのサプライズ企画は、ファンの心をガッチリとつかむことに成功したのである。

「なかなかやるじゃん。アイツ」

ステージ上でまぶしく輝くうまるの姿に、タイヘイは素直に賞賛の眼差《まなざ》しを向けていた。

たった五分間。されど五分間。〝U,s〟のパフォーマンスは、曲の間中、観客たちの視線を完全に釘《くぎ》づけすることに成功したのである。

「〝U,s〟でしたー！　みんなありがとう！」

うまるが壇上から手を振ると、今回のイベント始まって以来の大きな拍手が、それに応えた。現時点では間違いなく、イベント内での注目度ナンバーワンは〝U,s〟だろう。

「これでちょっとは売り上げの足しになってくれたら、御《おん》の字だよな……」

舞台を離れる〝U,s〟たちの背を見ながら、タイヘイは小さく微笑んだ。


このライブは後の世に「奇跡の五分間ライブ」として、〝U,s〟ファンたちの間で語り継がれることになるのだが――このときのタイヘイは、そんなことは予想だにしていなかったのである。

※

コーポ吉田の一室。

「はあ……」

今夜もまたタイヘイは、ＰＣの前で頭を抱えていた。

「どうしたのお兄ちゃん。またため息ついて。確かクビの話はなんとかなったんでしょ」

うまるはいつものようにフローリングに寝転がりながら、優雅にタブレット端末を弄っている。悩み多きタイヘイとは対照的に、呑気で気の抜けた様子であった。

「まあ、こないだのイベントのおかげで曲はバカ売れしたからな。とりあえずそっちの危機は去ったんだけど」

そう。あれから『ウルトラ♡ステディ』は、怒濤《どとう》の売れ行きを見せたのである。

イベントで撮影された公式ライブ動画が、ネット上に広まったことがきっかけだった。

もともと、海老名ちゃん、きりえちゃん、シルフィンちゃんが各方面で活躍し始めていたこともあり、〝Ｕ’ｓ〟の知名度は爆発的に急上昇したのだ。

特に大きかったのは、うまるの存在である。

「国民的美少女レベルのルックス」「卓越した歌唱力とダンステクニック」「それでいて自らプロデューサーを務める才覚」「天は彼女に何物与えれば気がすむのか」

アイドル関連のニュースサイトは、こぞって〝Ｕ’ｓ〟の土間うまるを取り上げた。アイドルを兼任する美少女プロデューサーなんて、話題にならないほうがおかしいのだ。

もちろんタイヘイからすれば褒めすぎや誇張《こちょう》に思えるコメントも多々あった。だが、それが曲の売り上げに直結しているのだから文句は言うまい。

「いやー、まさか二万枚も売れるとは思わなかったよね」

液晶画面をタッチしながら、うまるが口を開いた。

「ヒットチャートにも入っちゃったし、もう〝U'ｓ〟は安泰だね。伝説のＰ《プロデューサー》の面目躍如《めんもくやくじょ》だよ」

「そうだな。お前が頑張ってくれたおかげだよ」

そう言いつつ、タイヘイは頭を抱える。言葉とは裏腹に、素直に喜ぶ気にはなれなかったのである。

「でもそのせいで社長が色気づいちゃってさ。お前を正式に〝U'ｓ〟に加入させてくれって、毎日うるさいんだよ」

「ええ、またその話？」うまるが露骨《ろこつ》に嫌そうな表情を浮かべる。「それはもう断ったじゃん。海老名ちゃんたちとお話しするのは楽しいけど、うまるはアイドルって柄《がら》じゃないもん。休みの日はお家《うち》でゴロゴロするほうが性に合ってるよ」

「そりゃわかるんだけどな……」

ふう、と、タイヘイはため息をつく。

社長だけではない。うまるにアイドル関連の才能があるのはタイヘイも認めているところなのだ。もう一度〝U'ｓ〟で歌う彼女を見たい——そんな世間の要望には、プロデューサーとしてできる限り応えたいと考えている。

だが問題は、本人に一切やる気がないことだった。

「こないだのイベントはあくまで特別だったんだって。お兄ちゃんがクビになるのはさすがに困るから、ひと肌脱いだだけなんだよ」

「そうは言うけどさ。お前だって結構ライブ楽しんでたじゃないか。……せっかくだから、このまま〝U.S〟を続けてみるのもいいんじゃないか？」

「ああいうのはスペシャルだからいいんだよー」スナック菓子を片手に、うまるが応えた。

「お兄ちゃんだって、激辛ワサビーフ味のポテイトを毎日食べるのは辛いでしょ？　日常的には、うす塩とコンソメのローテでいいんだってば」

「言わんとしていることはわからないでもないけどな……」

まあ、アイドルの世界もレッスンに営業に、何かと大変なのだ。呑気な生活を送りたいというるの気持ちはわかる。

しかし「それでも何とか彼女を説得してきなさい」と社長から厳命されているのである。上司の命令にはおいそれと逆らえないというのは、勤め人の性《さが》だった。

「でもさ、うまる。お前アイドルもの好きだろ。ゲームとかアニメとか結構楽しんでたじゃないか。そういう世界に実際に触れられるって、結構貴重な体験なんじゃないか？」

「アイドルものねえ」遠い目をして、うまるが薄く微笑んだ。「アイドルは流行を選ばないコンテンツ……そんなふうに考えていた時期が、うまるにもありました」

「なんでそんなに達観してるんだよ」

「流行は常に過ぎ去るものなのです。……今のムーブメントは、むしろコレかな」

そう言ってうまるは、タブレットの液晶画面をタイヘイに向けた。

表示されているのは、どこか線の細い、和装の美少年たちのイラストだった。ゲーム画面なのだろうか。なにやら少年たちは陶器《とうき》のお椀《わん》やら湯呑みやらを手に、真剣な表情で骨肉の闘いを繰り広げているようだった。正直、わけのわからない絵面《えづら》である。

「『陶器乱舞《とうきらんぶ》』、超面白いよ！　特にうまるのお気に入りは、この信楽焼《しがらきやき》かな！」

満面の笑みで美少年の画像を見せられても、「ああ、そう」としか言えなかった。どうやらうまるの中では、アイドルへの情熱は一過性のものだったらしい。

「伝説のＰ《プロデューサー》とか言って、あれだけやりたい放題だったくせに……」

「今はむしろ、陶芸家とか鑑定士とかやってみたい気分かなあ……。ねえお兄ちゃん、事務所でそういうお仕事はないの？　うまる、ちょっと陶器にはうるさいよ？」

「あるわけないだろ、そんな仕事」

眉間に皺を寄せる。相変わらず流行りものに流されやすい干物妹《ひもうと》だった。

どうすれば、このミーハー妹のアイドル熱を復活させられるのだろう――。プロデューサー・土間タイヘイの苦悩の日々は、まだまだ続くのだった。

干物勇者！ うまるちゃん

集会所の外は、強い風が吹き荒れているようでした。

外の林の木々が、ざわざわと音を立てて大きく揺れているのが聞こえます。ミミズクの声も野犬の遠吠《とおぼ》えも聞こえないということは、今夜は嵐になるのかもしれません。

うちの畑は大丈夫でしょうか。お父さん、しっかり果物の風除《かぜよ》けはしてくれているのでしょうか――。私はこの期《ご》に及んで、そんなふうに取り留めもなく畑の心配などをしてしまっていたのです。これも農家育ちの習性なのでしょう。

どうせ私の命は、明日の晩までには尽きてしまうというのに。

「……皆の者、決を採りたい」

厳《おごそ》かな声が、部屋の中に響き渡りました。

奥の座席に座った恰幅《かっぷく》の良い白髭《しらひげ》の老人は、このアキタ村の長老様です。この寄合《よりあい》の議長を務める人物でもあります。長老様はとにかくお金持ちで偉いひとなので、村の人間は誰も逆らえません。背後に控えたスキンヘッドの用心棒さんたちも目つきが鋭く、何だか怖い印象です。

ランプの光にゆらゆら揺れる長老様の豊かな白髭は、威厳《いげん》があり、見ているだけで萎《い》縮《しゅく》してしまいそうになります。

「では、賛成の者は右手を」

長老様が告げると、出席者たちが、「賛成」「賛成」と、次々に右手を挙げていきます。

皆さん長老様に次ぐ、この村の実力者の方々です。中には私を可愛がってくれた猟師のおじさんや、読み書きを教えてくれた教会の神父さんもいます。

彼らが揃《そろ》って私に向けるのは、同情とか憐憫《れんびん》とか、そういう類《たぐい》の視線でした。それでも誰ひとりとして〝反対〟の声を上げてくれる出席者はいません。

「賛成二十。反対ゼロ。これで決定じゃな」

長老様が席から立ち上がり、集会場の隅《すみ》の席に座る私に視線を向けます。

「では、全会一致でこの娘、エビナを――生贄《いけにえ》とする」

ああ。やはりこうなってしまった。

自分の名前を呼ばれた瞬間、世界が一瞬で崩れ落ちていくような錯覚に見舞われました。

四肢《しし》から力が抜け落ち、気が遠くなっていくような感覚――これがきっと、絶望感。死を宣告されるということなのでしょう。

もちろん、最初からわかっていました。この多数決はあくまで形式上のものにすぎません。五年に一度この時期に、十六歳の子供をひとり〝捧《ささ》げの洞窟《どうくつ》〟の魔物の生贄にする。そのことは、この村で生きる者なら常識なのです。

そして今回、村で十六歳を迎えたのは私だけ。私が生贄に選ばれることは、ずっと昔から決まっていたことなのです。

私が集会所に呼ばれたとき、お父さんとお母さんが何もかもを諦めたように顔を覆ったのが印象的でした。

しかしわかっていてもなお、恐ろしいものは恐ろしい。

私だって、まだ死にたくはないのです。美味《おい》しいものをたくさん食べてみたいし、綺麗な服を着てみたい。今まで育ててくれた両親に、恩返しだってしなくちゃいけないのです。やりたいことをやれないまま死ぬだなんて、後悔しかありません。

ふいに、目の奥から熱いものが溢《あふ》れるのを感じました。

我ながらなんて情けない。泣いたって、状況は何も変わらないというのに。

「案ずることはないぞ、エビナよ」長老様が口を開きました。「お前がかの魔物に命を捧げることで、村には五年間の繁栄が約束されるのじゃ。いわばそれは、村の救世主となるも同然。自分に与えられた役割に誇りを持つといい」

村の救世主。聞こえはいいですが、生贄はやはり生贄にすぎません。

長老様は耳触りのいい言葉で、私の運命を誤魔化《ごまか》しているだけなのでしょう。そのくらい、学のない私にだって理解できることです。

「わ、私には、そうは思えません」震える声を振り絞り、長老様に告げました。「本物の救世主様がいるなら、それはきっと魔物を退治して、本当の意味で村を平和にしてくれるひとだと思います……！」

「ほう、そんな者が現実にいるとでも？」

長老様の言葉に、私は、こくり、と頷《うなず》きます。

「各地の魔物を倒すために、偉い勇者様が旅をしているって、お父さんが言っていました。その勇者様に頼めばきっと、もうこれ以上魔物に生贄を捧げなくても――」

「勇者様、か。ふん。おとぎ話だな」

長老様が鼻を鳴らしました。

それに追随《ついずい》するようにして、寄合の出席者たちも薄い笑みを浮かべます。

「今まで〝捧げの洞窟〟に挑んだ冒険者たちの数を覚えてるか？　みんな魔物に殺されちまった。生きて帰ってくる者はいなかったじゃないか」

「そうだ。あの魔物は人智の及ぶ相手ではない」

「救世主だの勇者だのと、世迷言《よまいごと》を言うのは感心できんな」

誰ひとりとして、私の言葉を真に受けようとするひとはいませんでした。どうせ死にゆく生贄の、最後の戯言《たわごと》だと思っているのでしょう。

そりゃあ、私だって都合のいい話だと思っています。

素敵な勇者様が颯爽《さつそう》と現れて、私と村を救ってくれるだなんて……。長老様の言葉ではありませんが、そんなおとぎ話みたいなことが、起こり得るはずがないのです。

でも、できることなら信じてみたい。

絶望して落ちこんだまま死ぬくらいなら、最後のその瞬間まで、そういう夢のあるお話を信じてみたっていいじゃありませんか。

私にできることはもう、万にひとつの希望に縋《すが》ることくらいなのですから。

（……勇者様、どうか私を助けてください……！）

もしかして、その祈りが天に届いたのでしょうか。

次の瞬間。集会場の扉が、ばん、と勢いよく開かれたのです。

集会場の戸口に立っていたのは、見知らぬ旅人でした。

「………」

旅人は特に何も言葉を発することなく、ゆっくりと集会場を見渡しています。

背負っているのは長い剣。肩を覆う年季の入ったマントが、旅慣れた様子を感じさせます。耳のような変わった飾りがついた金属製の兜《かぶと》は、私の知らない異国の動物を象《かたど》っているのでしょうか。どことなく、愛嬌《あいきょう》のある形状です。

「むう、お主は……？」

長老様も他の皆さんも、驚いた様子で旅人を見つめています。

そりゃあそうです。こんな夜更けに、外の人間が村を訪れたというだけでも珍しいのに、その人物は、どう見ても普通の旅人ではなかったのですから。

まんまるのほっぺたに、くりくりと大きな瞳。子リスのように無垢《むく》な顔立ち。彼女は思わず頭を撫《な》でてあげたいくらいに、愛らしい女の子だったのです。

もしかして、何かワケアリだったりするのでしょうか。女の子のひとり旅なんて、まず普通じゃありません。

少女は戸口近くに座るおじさんたちを押しのけ、勝手知ったる態度で集会場へと侵入してきます。

「ちょ、ちょっと、君？」

みんな、ただただ狐につままれたような顔をしていました。

なんと少女は驚くべきことに、窓際に置かれていた戸棚に近づくと、唐突に引き戸を開け、中を検分し始めたのです。

「むー、スカか……。例のメダルの一枚くらいあっても良さそうなのに」

ひとしきり戸棚を漁《あさ》った末に、ぼそり、とそう呟《つぶや》きます。

いったいこの子は、何者だというのでしょう。

大人たちに「なにをしているんだ君は！」と怒鳴られても、彼女はまるでけろりとした様子です。可愛い顔とは裏腹に、相当に胆力《たんりょく》のある女の子なのかもしれません。

私が呆気《あっけ》に取られていると、ふと、彼女と目が合ってしまいました。

「え、あの。えと、あなたは……？」

「勇者ですが、何か？」

少女は、さらり、と驚くべきことを言い放ちました。

勇者？　この可愛い女の子がまさか、勇者様？

「えと……勇者って、悪い魔物とかを退治して回ってるっていう、あの勇者様？」

「あー。うん。それそれ」自称勇者様が、にこりと頬《ほお》を緩《ゆる》めます。「うまるも名が売れたもんだよね。こんな田舎の村まで噂が届いてるなんて」

集会場の皆さんも、この発言にはさすがに開いた口が塞《ふさ》がらないようでした。

まさかこんな可愛らしい女の子が勇者様だなんて、にわかに信じられるはずもないじゃありませんか。

私も首を傾《かし》げつつ、

「そ、その勇者様が……いったいこんなところで何を？」

「そりゃあもちろんアイテム収集だよ。知らない部屋の中に入ったら、とりあえず虱潰《しらみつぶ》しに家具を探索しつくす。勇者の常識だよね」

「ええ……？」

わけのわからないことを言いながら、その子はきょろきょろと周囲を見回します。

ややあって、彼女が「おっ」と目に止めたのは、部屋の隅。チェストの上に飾られていた陶器の壺でした。あれは確か、前に長老様が「高名な陶芸家がこしらえた、死ぬほど高価な壺じゃ」と自慢していたもののはず。なんだかすごく、イヤな予感がします。

　自称勇者様は壺のそばに歩み寄ると、おもむろにそれを持ち上げたのです。

「てえい!」

　誰もそれを止めることなどできませんでした。なんと彼女は、頭上に掲げた壺を思いきり床に叩きつけたのです。がしゃん、と乾いた音を立て、陶器の壺は粉々に砕け散ってしまいました。

「これもハズレかー」少女が残念そうに首を振ります。「意味ありげに飾っとくくらいだから、何かしらあってもよさそうなのにな。〝やくそう〟のひとつも入ってないとは……」

　そんな少女の独り言には、長老様もさすがに大激怒のご様子。身をぷるぷると震わせながら、火山のように顔を真っ赤にしていました。

「き、貴様あっ!　なんたる狼藉《ろうぜき》か!　いったい何様のつもりなのじゃあ!」

「何様って、勇者様だけど」平然とした口調で、少女が答えました。「てゆかさー。壺を壊されて怒るくらいなら、代わりにわかりやすく宝箱とか設置してくれてればよかったのに。勇者的にはそっちのほうがテンション上がるよ」

　勇者とは一般的に、勇気のあるひとのことを言うんだと思います。

　この女の子、その点ではとりあえず勇者の条件をクリアしていると思いました。だって、こめかみの血管をくっきりと浮き上がらせている長老様に対して、ここまでとぼけた物言いをしちゃうくらいなんですから。私なら絶対できません。

怒り心頭の長老様が、背後に控えるスキンヘッドの用心棒さんたちに指示を飛ばします。

「おい！　あの小娘をひっとらえろ！」

むくつけき筋肉に身を包んだ彼らは、長老様が個人的に雇っている人間たちです。どんな荒事も命令ひとつで実行するので、村人たちからは大変怖《おそ》れられている存在だったりします。

今回も雇い主の指示通り、彼らは自称勇者の女の子につかみかかろうとしたのですが、

「おおっと、あまりうまるを怒らせないほうがいい」

ひらりとその手を避け、彼女は懐《ふところ》から一枚の羊皮紙を取り出しました。

「ばばーん。この紋所《もんどころ》が目に入らぬかー」

少女が不敵な笑みを浮かべています。

羊皮紙の隅に描かれていたのは、双頭の竜の紋章――この国の人間ならば誰もが知る絶対権力の証《あかし》だったのです。

「王家の紋章じゃと⁉」長老様が目を丸くします。「信じられん。なぜ貴様のような子供が」

「だから、うまるは勇者なんだって。いろいろあって王様からも、ちゃーんとお墨付きをもらってるんだよ」

なるほど、王家の後ろ盾があるのならば、いくら長老様であってもおいそれと手を出すことはできないでしょう。

少女は得意げな表情で、「すごいでしょ」と目を細めました。

「で、本題なんだけど」

訝《いぶか》しむ長老様に、少女が向き直りました。

「実はうまるがこの村に来たのは……えーと〝捧げの洞窟〟だっけ？　あそこの魔物を倒すためなんだよ」

「なんと、あの魔物を……⁉」

長老様が驚きに目を剝《む》きます。

寄合出席者たちも一様に呆気に取られているようでした。それはもちろん、私も例外ではありません。

「まさか、本当に村を救いに来てくれる勇者様がいるだなんて……」

まあ確かに、私の想像していた「勇者様像」と少し違っていたことは否定できません。勇者様といえばこう、私の中ではもっと爽《さわ》やかな白馬の王子様タイプを想像していましたからね。それだけに、こんな小さな子が勇者を名乗るというのは、なんだかすごく意外でした。

本当にこの子に、〝捧げの洞窟〟の魔物を倒せるほどの力があるのでしょうか。

「うまる、この手のクエストは百戦錬磨《れんま》だからねー」

勇者様が、困惑する私を一瞥《いちべつ》します。

「うまるの勘によると、つまりはこの女の子が、魔物の生贄として捧げられちゃうって話なんでしょ？　生贄と言えば美少女。古来からのお約束だもんね」

「お約束……？」

またしても意味不明ですが……この勇者様、勘が良すぎです。

彼女は私に顔を向け、

「ねえ君、名前なんていうの？」

「あ……その、えと、エビナです」

「うん。エビナちゃんね。おっけーおっけー」

勇者様は顔を綻《ほころ》ばせ、再び寄合出席者たちのほうに向き直りました。

「うまるがこのエビナちゃんを洞窟に連れてくよ。そんで、その魔物とやらがノコノコ出てきたところを返り討ちにする。そういう流れでいこう」

「え？　流れって、ええ？」

初対面の女の子にトントン拍子で仕切られてしまい、私にはただ狼狽《うろた》えることしかできませんでした。

こんなに小さいのに、王家のお墨付きをもらっているだけはあります。なんだかやたらと偉そうです。

「いや。しかし、待ってくれ」長老様が顔をしかめます。「相手は、今まで何十人という戦士が立ち向かい、誰も勝てなかった伝説の魔物……。いかに王家の許可を持つ者だろうと、おいそれと洞窟への立ち入りを認めるわけにはいかぬ。勇者といえど見知らぬ子供をみすみす死にに行かせるわけにはいかんのじゃ」

「大丈夫大丈夫。そこは勇者の実力を信じてよ」

根拠のない自信に満ち溢れた表情で、少女が笑います。

「だいたいさあ、伝説だとかで言い伝えられてる恐ろしげな強敵って、実際戦ってみると案外大したことなかったりするんだよね。そういう相手に限って、バッチリ準備を整えていって拍子抜けしちゃったりして」

エリクサー的な回復アイテム、つい温存したまま勝っちゃうんだよね――と少女が口元を緩めます。

何を言っているのかよくわかりませんが、どうやらこの子には臆《おく》する様子はまったくないようです。ものすごい自信のほどが窺《うかが》えます。

「そうは言うがの……。そもそも魔物への生贄は、村の皆で決めたことなのだ。部外者にどうこう指図されるわけには――」

長老様の言葉を遮《さえぎ》るように、勇者様は「にへら」と呑気《のんき》な笑みを浮かべました。

「いいじゃん別に。うまるが魔物さえ倒しちゃえば、万事済む話じゃん」

「お主……。本気でアレが倒せると思っているのか」

「余裕余裕。なんたってうまるは無敵だからね。常時頭にドリルを装備してるようなもんだと思っていいよ」

勇者様の意味不明な自信に、皆さん困り顔。

ともあれ結果的に、誰も彼女の言葉には反対することはできませんでした。

そもそも、魔物を倒してくれるという勇者様の言葉自体に、不満などあるはずもないのです。みんな、子供を生贄に捧げるという慣習には困り果てていたのですから。

ダメでもともと。この際多少変人でも、この勇者様を信じてみるか——と、寄合の空気はそういうところに落ち着いたようです。

皆さん、あの勇者様の、そこはかとない自信にのみこまれたのでしょう。勢いって怖いですね。

「仕方がない」長老様が観念したように首を振りました。「エビナを洞窟に連れていくのは、勇者殿にお任せしよう。今日のところは村の宿で休まれるがよい」

「おっけーおっけー。みんな、大船に乗ったつもりでいるといいよ」

無駄に自信だけはたっぷりな勇者様が、私に目配せをします。

「それじゃあエビナちゃん、明日はよろしくね」

「あ、はあ……」

ついつい、生返事をしてしまいました。

私が思い描いていた理想とは少し……いや、かなり違っていた勇者様。私を助けてくれるとは言ってくれていますが、なんだか手放しで喜べる状況ではなさそうです。

正直、不安でいっぱいでした。

※

「えっと……まず冒険の準備って、何をすればいいんですか」

次の日の午前中。私は例の勇者様に、村の中央広場に呼び出されました。

池の前で佇《たたず》む私たちを見て、通りすがりのおばさんたちが憐《あわ》れみを帯びた視線を投げかけていきます。どうやら、私たちが今日〝捧げの洞窟〟に向かうという話は、すでに村中に知れ渡っているようです。

勇者様に「あの」と、質問を続けます。

「実は私、今までずっと畑仕事しかしたことがなくて……洞窟に行くって言われても、何を準備していいか、正直よくわからない部分もあって……」

「だいじょーぶ。ダンジョン初心者なんてフツーそんなもんだよ」

勇者様が、何やら達観した様子でうんうん頷いていています。

「帰還アイテムの持ちこみ忘れで死ぬほど後悔したり、テレポート事故で『いしのなかにいる』を何度も繰り返したりさ。そういう苦い経験を積むことで、ひとはダンジョン慣れしていくものなんだよ」

「は、はあ……。よくわからないですけど、勇者様も大変なんですね」

こう見えてこの子も、死と隣合わせの世界で生き抜いてきた人間だということでしょうか。ひとは見かけによらないものです。

私が感心していると、当の彼女は「ていうかさあ」と笑います。

「そんな固くならなくてもいいよ。勇者って言っても同い年くらいなんだし。もっとフランクな感じで行こうよ」

「え？　あ、同い年くらいだったんですか……」

「まあ、うまるの落ち着いた物腰と、凡人《ぼんじん》離れした戦士の風格からすれば、年上だって誤解しちゃうのも無理はないけどね！」

「そ、そうかもですね……はい」

むしろ思いきり年下だと思ってました——とは言えません。この勇者様、言動のワガママさも相まって、なんだか不思議と幼く見えてしまうのです。

「とにかく、うまるのことは気軽に名前で呼んでくれればいいかな。友達感覚で」

「はあ、友達感覚……」

思えば同年代の女の子に、こんなふうに心安く接してもらった経験はありませんでした。もともと子供が少ない村だということもありますし、魔物の生贄になるのが決まっている子なんて、やっぱり敬遠されてしまうものですから。

しかしこの勇者様は、どこか人懐こい笑みを浮かべながら私の手を握ってくれます。

「冒険の基本……それは買い物だよ、エビナちゃん！」

急に手を握られたので、「ふあっ」と小さく声を上げてしまいました。

しかし彼女は特に気にすることなく、意気揚々《ようよう》と続けます。

「ダンジョン探索するなら、まずは装備を整えるのが常識！　例の魔物以外にも危険は盛りだくさんだろうし、さすがにその普段着のままじゃ心もとないもん」

「そ、そういうものでしょうか」

言われてふと、自分の着ているものに目を落とします。

地味な色合いのワンピースに、お気に入りのペンダントを着けた、このあたりではさして珍しくもない村娘姿です。

軽作業には便利な身なりですが、さすがに魔物のいる洞窟に向かうのに最適とは言えません。せめてこの勇者様の足を引っ張らないよう、冒険に適した格好を心がけるべきなのでしょう。

「そ、それで、冒険に必要な装備って、具体的にどういうものを準備すれば――」

「ほらほら、もっとゆるーい感じで」

「あっ、ごめん」慌てて言い直します。「ぼ、冒険には何が必要なのかな。うまるちゃん」

私の言葉に、勇者様――うまるちゃんが「それは任せてよ」と頷きます。

「エビナちゃんの装備は、うまるが見繕《みつくろ》うからね。こう見えてうまる、性能がよくってしかもカッコイイ装備を見つけるのはプロ級の腕前だから！」

「あ……ありがとう」

「んじゃ、早速この村の武器屋に案内してくれる？」

「え？　武器屋？」

言われて少し考えてみましたが、そういう店に心当たりはありません。

もともとこの村は、人口百人足らずの小さな村にすぎません。魔物と戦うための武器や防具なんて、まったく需要はないのです。

「ごめんね、うまるちゃん。この村に、そういうお店はちょっとないかも……」

「あー、そうなのかー……」

どこか気落ちした様子で、うまるちゃんが首を振ります。

「武器も防具も売ってないってなると残念だよね。この村のひとは、『買ったばかりの装備がダンジョンの宝箱の中に入ってた！　ガッカリ！』的な風物詩《ふうぶつし》も味わえないってことだもんね」

「わざわざガッカリを味わうのが風物詩なの……？」

勇者様の世界は奥が深いようです。

「まあでも、武器すら買えないっていうのは出鼻を挫《くじ》かれた気分かな」

ぶー、とうまるちゃんが口を尖らせます。

確かに、この何もない村で準備を整えるのは難しいかもしれません。でも、丸腰で魔物に立ち向かうというのも気が進みません……。

「武器防具じゃなくても、せめて魔法アイテムとか……便利な道具を売ってるお店があれば、話は別なんだけど」

と、うまるちゃんが呟いたそのとき、ふと脳裏《のうり》に閃《ひらめ》くものがありました。

「あ……それっぽい道具を売ってるところはなくもない、のかな？」

広場の北にあるそのお店は、質素な佇《たたず》まいをしていました。

店番のお婆ちゃんの「いらっしゃいませぇ」という間延びした声が、私たちを出迎えます。

木造りの棚には、所狭しと商品が展示されていました。

重量感溢れる木槌《きづち》。湾曲《わんきょく》した鋭い刃を持つ鎌。黒光りする鉄製の三《み》つ又《また》フォーク。奥のほうにある三日月形の大きな犂《すき》は、牛に引かせたら効率よく畑を耕《たがや》せそうです。

「ど、どうかなうまるちゃん。それなりに便利な道具が揃ってると思うんだけど」

「道具ってか、農具のお店じゃん……」

木製の鍬《くわ》を手に取りつつ、うまるちゃんが眉間《みけん》に皺《しわ》を寄せます。

私は黒光りする鎌を指さしながら、取り繕うように言いました。

「で、でもほら、武器になりそうなものもあるかもよ？」

「武器って言ってもなぁ」彼女の表情は変わりません。「強い弱い以前に、さすがに農具を振り回して戦うのはロマンがないよね。戦闘はもっとほら、カッコイイ武器じゃなきゃ。テンション上がんないよ」

「カッコイイって、どういう？」

「もっとほら、伝説の剣チックなさあ……。エクスカリバー的な」

「エ、エクスカリバー……？」

よくわかりませんが、寂《さび》れた村の農具屋に期待するのはかなり無理のある商品名です。

さすがにそんなロマン溢れることを言われたら、店番のお婆ちゃんだって困ってしまうのでは——と、そう思ったのですが。

「ああ、はいはい。エクスカリバーねぇ。ちょうど昨日入荷したばっかりだよ」

お婆ちゃんが、よっこらしょ、とカウンターから腰を上げます。どうやら店の奥の倉庫へと、その商品を取りに向かったようでした。

「あるんだ……エクスカリバー」

「言ってみるもんだね」

うまるちゃんが、白い歯を見せて笑います。

倉庫から戻ってきたお婆ちゃんは、カウンターの上に、ごとり、とそれを置きました。

「はいよ。エクスカリバー。30G《ゴールド》ね」

エクスカリバーと呼ばれたそれを見て、うまるちゃんも私も絶句します。

端的に言えばそれは、全長五十センチくらいの木製の棍棒《こんぼう》でした。持ち手の部分は細長く、先端部は打撃用に大きく膨《ふく》らんでいます。

〝最新式脱穀《だっこく》用棍棒：エクスカリバー〟……だそうです。

女の子でも扱えそうなお手軽な大きさの棍棒でした。これで叩けば小麦の脱穀に便利そうだなあ——などとは思います。

ですが、いかんせん名前負けしてる感が半端じゃありません。

「う、うまるちゃん。カッコイイってこういうことなの？」

「まあ……すごくコレじゃない気がするけど」うまるちゃんが、苦足を噛み潰したような顔を見せます。「でも、これもロマンと言えばロマン……なのかな」

「ロマン？」

「だってさあ。脱穀用棍棒だよ？　棍棒にエクスカリバーなんて名づけちゃうなんて、ある意味世界への挑戦だよね。職人さんの心意気っていうの？　いっそこれはこれでアリなんじゃないかとも思えてきちゃうよね」

「そういうもんかなあ……」

うまるちゃんの熱意に押され、結局私はエクスカリバー（脱穀用棍棒）を購入することに決定しました。武器がないよりはマシ、くらいの感覚です。

まあ、この村で装備を整えようとしても、この辺が限界ですしね。妥協も必要です。

お金と商品を引き換え、店外へ。

脱穀用棍棒を胸に抱えながら、ふう、とため息をつきます。

「うーん。結構な出費だったなあ……」

さすがにお小遣《こづか》いで買うには、高い買い物だったかもしれません。

ですがこれも自分の命を守るため。それに、無事に洞窟から生還できた暁《あかつき》にはお仕事用にも使えそうな棍棒ですから、まったくの無駄というわけではないのでしょう。

しかし問題は、他の装備品を揃えるための元手がすっかりなくなってしまったことでした。完全にすっからかんです。

こちらの悩みを察してくれたのでしょうか。私の顔を覗《のぞ》きこんで、うまるちゃんが「大丈夫だよ」と微笑みます。

「お金なら、まずはそこらへんの民家のタンスなり壺なりを調べてみるといいんじゃないかな。それなりの額が手に入ると思うよ」

彼女が昨夜、集会場で見せた狼藉の光景が、私の脳裏をよぎりました。

あれと同じことをしろというのでしょうか。傍若無人《ぼうじゃくぶじん》にもほどがあります。もはや勇者の発想というか、山賊《さんぞく》の発想に近いです。

「さ、さすがにそれはできないなあ」

私が丁重にお断りすると、うまるちゃんは、きょとんとした表情を浮かべました。

「そう？　まあ、一軒一軒調べるのは手間もかかるしねえ。コスパは悪いかも」

「え……いや、手間の問題とかじゃなくて――」

「でも他に手段があるとしたら」うまるちゃんが、私を意味深な視線で見つめます。「あとはもう、エビナちゃんに脱いでもらうことくらいかなあ」

「ぬ、脱ぐ⁉」

今度はいったい何を言い出したのでしょう。私は耳を疑いました。

「いやほら。お金がなくなったら、まずは仲間の装備を売るのが常識じゃん」

「常識なの、それ……？」

金策のために、まさか身ぐるみを剝《は》がされてしまうとは……。勇者様の仲間になるというのも、なかなかに厳しい世界だったようです。

「あ、あの……装備を整えるお金を得るために服を売っちゃうというのは、何だか本末転倒のような――？」

「そうでもないよ。水着同然のアーマーで戦ってる女戦士とか結構いるじゃん。あれって実は、強い武器を買うために鎧《よろい》を売っちゃった結果なんだよ」

「はあ、そうなんだ……」

そもそも水着の女戦士って、そんなにメジャーなのでしょうか。こういう農村ではあまり見かけませんけれども。

「まあエビナちゃんがもっと強いアイテム揃えたいって言うなら、うまるは止めないよ？脱いでもすごそうだもんね。いろいろ」

エクスカリバー（脱穀用棍棒）片手に、半裸で魔物に立ち向かう私……。なかなかにバーバリアンな絵面《えづら》でした。絶対に向いていないと断言できます。

とにかく、金策方面は諦めたほうが身のためのようです。

「う、うまるちゃん！　準備を整えるのはこのくらいにしておかない？　さすがに私、そこまでして装備を整えたい覚悟もないし……」

「そうだねえ。この村にはもう、ろくなアイテムも売ってない感じだしね」

うまるちゃんはそう言いつつ、村はずれの方角に目を向けました。

「んじゃ、ちゃっちゃと洞窟のボス倒して、さくっとクエスト報酬《ほうしゅう》をいただいちゃおう。

稼ぎ方っていう意味じゃ、それが一番王道かもね」

結局、準備できたのは棍棒が一本だけ。恐ろしい魔物を相手にするには、不安どころの話ではありません。

表情を硬く強張《こわば》らせている私を見て、うまるちゃんが頬を緩めます。

「心配しなくてもへーきへーき！　うまるがいれば、魔物なんてチョチョイのチョイだから！　ワンパンでＫＯだから！」

シュッシュッと虚空《こくう》に向けてパンチを突き出す、うまるちゃん。

その妙な自信が、逆に胡散臭《うさんくさ》く感じられてしまうのはなぜでしょうか。

かくして私たちは、満を持して〝捧げの洞窟〟へと向かうことになったのです。

※

村の北に広がる林を抜け、歩くこと二時間少々。

手作りのサンドイッチで昼食休憩を挟みながら、そして木陰《こかげ》でお昼寝をしようとするうまるちゃんをせっつきながら、私たちはようやく洞窟の前へと到達しました。

「結構大きいんだね……なんだか、怖い感じだなあ」

切り立った崖の岩肌をくり抜くようにあいた、巨大な穴。これが〝捧げの洞窟〟です。

村の集会場がすっぽり入ってしまうくらいの大きさの穴が、ずっと地下深くへ伸びているようです。

先のほうは暗くてよく見えません。冷たく湿ったような空気が流れ出てきていて、なんだか不気味な印象です。

しかし、物怖《ものお》じしている私とは対照的に、うまるちゃんは元気いっぱい。むしろ興奮気味の面持ちでした。

「くううっ―――！　攻略しごたえありそうなダンジョンを見ると、やっぱ燃えてくる！」

「あ、あはは……。すごいね。さすが勇者様」

「そりゃそうだよ！　魅力的な宝箱！　物陰に潜《ひそ》む強力なモンスター！　仲間の命を奪う恐ろしい罠！　全滅ギリギリの大ピンチ……！　ダンジョン攻略にはそういう醍醐味《だいごみ》がいっぱいだもん！」

「うう……その手の醍醐味は味わいたくないなあ……」

持参した松明《たいまつ》に明かりを灯《とも》し、私たちは洞窟の中へと歩を進めます。

日が射さない空洞の岩壁はジメジメと苔《こけ》むしており、油断するとすぐ足を滑らせてしまいそうでした。

私はどちらかと言えばおっちょこちょいなので、こういう場所は一歩一歩、慎重に歩く必要がありそうです。

キケン
キケン

右足、左足。岩壁に手をつき、明かりで足元を照らしながら、うまるちゃんの後ろを恐る恐る進みます。こんな硬そうな地面で転んだら、さぞかし痛いだろうなあ……。

と、思っていた矢先、

「ひゃあ⁉」

不意に、ぬるっとした感触に足を取られ、仰向けにひっくり返ってしまいました。

どうやら、足元の何かを踏みつけてしまったようです。思いっきり打ちつけてしまったお尻には、予想以上の鈍痛が広がりました。

「あうう……痛たた」

それにしても私は、いったい何を踏みつけてしまったのでしょう。

視線を足下に向けると、足首のあたりに何かが絡みついているのがわかりました。

「へ……？」

緑色でドロドロとした、ゼリー状の何か……です。

大きなハスキー犬くらいはありそうなその物体が、身体《からだ》の一部を延ばし、私の足をぎゅっとつかんでいたのでした。触れられている部分が、妙に生温かくてくすぐったいです。

「ひいうっ……⁉」

しかもなんと驚くべきことに、それはぐねぐねと形を変え、足首からふくらはぎのほうへとゆっくり上ってくるではありませんか。見た目も感触も、ものすごく気持ち悪い！

「な、なななな……⁉　なにこれえっ⁉」

「あー、これはアレだね。スライム」事もなげに、うまるちゃんが告げます。「こういうダンジョンじゃあ、別に珍しくもないモンスターだよ」

「モ、モンスター⁉」

思わず、素《す》っ頓狂《とんきょう》な声を上げてしまいました。

モンスターとは、ひとを襲う異形《いぎょう》の怪物の総称です。大別すれば、件《くだん》の洞窟の魔物とやらも、このモンスターというカテゴリに入ると思います。そして恐ろしいことに、モンスターとは大抵、人間を食べちゃったりするものなのです。

このドロドロがモンスターだとすると、これはもしかして、私を補食するための行動だったりするのでしょうか。最悪です。魔物の生贄になるのもイヤですが、こんなドロドロに食べられちゃうというのも、ろくな死に方だとは思えません。

「あ、あっちに行ってえっ……！」

私にできることと言えば、手にした棍棒で、上ってくるドロドロをべしべし叩いて抵抗することとくらいなものでした。しかしまるで暖簾《のれん》に腕押し。弾力のある身体にぶよんぶよんと押し返されるだけで、何の解決にもなっていません。

「エクスカリバー（笑）《かっこわらい》だね」

「わ、笑ってる場合じゃないよう、うまるちゃん！」

「ごめんごめん」うまるちゃんが目を細めます。「でもそんなに心配しなくても大丈夫だよ。このレベルのスライムなら、人間を溶かして食べたりはしないはずだから」

「そ、そうなの？」

なるほど。ちょっとだけホッとします。身体に害がないなら、うまるちゃんがそこまで焦《あせ》っていないのも頷けますね。

「溶かして食べるのは、人間の服だけだし」

「は？」

「よくあるじゃん。Z指定ダンジョンじゃおなじみのスライムだね」

「服だけって……それはそれでイヤだよ⁉」

なんとかスライムを振り払おうとしたのですが、すでにガッチリと足を捕らえられてしまっていて、動けそうにもありません。乙女の貞操、大ピンチです。

「おっけーおっけー。大丈夫だよ、エビナちゃん。うまるの大魔法にかかれば、スライムくらい、ひとひねりだから」

言うなりうまるちゃんは背中の剣を抜き放ち、それを頭上に高く掲げました。

なんだかやたらとカッコいいポーズです。こんなことを言っている場合ではありませんが、初めてうまるちゃんの勇者らしい一面が見られそうな予感。

なにやら呪文の詠唱を始めるつもりのようです。うまるちゃんは大きく息を吸いこみ、こう叫びました。

「たあすけてえええええっ！　お兄ちゃああああああん！」

タスケテオニイチャン……？

どういう意味なのでしょう。うまるちゃんの呪文は岩壁にこだまし、「ちゃーん……ちゃーん……」と残響を繰り返しています。

何が起こるのかな——と、首を傾げていたその瞬間。

不意に視界が強い光で包まれました。洞窟の中なのに、真昼のお日様がすぐそこに現れたかのようなまぶしさです。

周囲の様子を確認できる状態ではありません。思わず私は「ひゃあっ」っと、固く目を閉じてしまいました。これがうまるちゃんの言う、大魔法とやらの効果なのでしょうか。

身動きすることもできず、私がただただ狼狽えていると、

「——ええっと、キミ、大丈夫かい？」

聞きなれぬ男のひとの声が、すぐ近くから聞こえてきました。

どこか温かさを感じる声色《こわいろ》です。声の主は私の手を握ると、そのままゆっくりと立ち上がらせてくれました。足にまとわりついていた不快感は、いつの間にやら綺麗さっぱり消えてしまっています。

「もう目を開けても平気だよ。スライムはなんとかしといたから」

「あ、は、はい……」

言われるままに目を開くと、私の目の前には見知らぬ青年の姿がありました。

身体をすっぽり覆うような長いローブ。右手に握るのは、全体に不思議な文様《もんよう》がビッシリと刻まれた、長い杖でした。

魔導士《まどうし》の方……でしょうか。村育ちの私にとっては、お目にかかるのは初めてです。

歳《とし》は、私よりも少し上くらい。線は細いですが、誠実そうな印象の男性でした。

どうやらこのひとが、スライムに足を取られていた私を助けてくれたひとのようです。

彼の足下の焦げ目が、スライムだったものの残滓《ざんし》でしょう。

眼鏡の奥の優しげな瞳が、私に微笑みかけました。

「怪我がなさそうでよかった。いくらレベルの低いスライムが相手とは言っても、転んで頭を打ってたりしたら大変だからね」

「あ……あの、ありがとうございます……！」

ぱっと見、すごくいいひとそう。タイミングよく私を危機から救ってくれたことといい、一瞬でスライムを消滅させてしまった鮮やかな手際といい、まさに白馬の王子様です。私が妄想していた「勇者様」のイメージにぴったりの男性でした。

ある意味、うまるちゃんよりもよっぽど勇者様らしいかもしれません。

「え、ええとそれで……あの、あなたは……？」

いったい彼はどこの誰で、どうしてここにいるのでしょう。私が質問に詰まっていると、うまるちゃんが口を開きます。

「あ。これ、うまるのお兄ちゃんね。召喚獣的なものだと思ってくれればいいから」

「誰が召喚獣だ」

ローブの男性が、眉間に皺を寄せます。

「お前が緊急のヘルプサインを送ってきたから、心配してわざわざ飛んできてやったっていうのに……」

「まあいいじゃん。お兄ちゃんなんてどうせ王宮でも窓際族《まどぎわ》なんでしょ。暇してるくらいなら、うまるのダンジョン攻略手伝ってよ」

どうやらこのローブの男性は、なんとうまるちゃんのお兄さんだったようです。

さきほどの「助けてお兄ちゃん」なる呪文は、このお兄さんに救援を告げるメッセージ的な魔法だったのでしょう。強い光とともにイキナリこの場にお兄さんが現れたのも、同じく魔法のようなものだと思えば不思議ではありません。

魔法ってすごい。村では決して見ることのできないマジカルなパフォーマンスの数々に、私はただただ目を丸くするばかりでした。

「んじゃあ、お前はこの子――エビナちゃんを救うために、この洞窟の魔物を倒そうとしてるってわけか」

うまるちゃんから事情を聞いたお兄さんは、得心《とくしん》がいったというふうに頷きました。

「そうそう。うまるは勇者だからね。困ってるひとは見過ごせない体質なんだよ。……ここは褒《ほ》めるべきところだね」

ローブのお兄さんは「自分で言うなよ」とため息をつきました。

それから私のほうに向き直り、

「初めましてエビナちゃん。俺はこいつの兄で、王宮で宮廷魔導士をやってる者だよ。なんか変な出会い方になっちゃったけど……よろしく」

「あ、どうも。よ、よろしくです……」

お兄さんに爽やかに微笑まれてしまい、頬が熱くなるのを感じてしまいます。

村では男の子たちと話した経験がほとんどないので、こうして若い男性にじっと目を見つめられるのは初めての経験でした。なんだかとっても気恥ずかしい。

それにしてもあのうまるちゃんに、こんな素敵なお兄さんがいたなんてビックリです。宮仕えの魔導士なんて、エリート中のエリートじゃありませんか。

畏《かしこ》まる私の肩を、うまるちゃんがぽんぽん、と叩きます。

「そんなに緊張しなくていいってば。王宮のサラリーマン魔導士なんて、大して偉くもないよ。しょせん安月給の社畜《しゃちく》なんだから」

「さらりーまん？　しゃちく？」

いったいどういう意味なのでしょう。うまるちゃんの使う言葉は、ときどきすごく難しくて、私にはわからないことだらけです。

「誰が安月給だよ」

一方お兄さんは、うまるちゃんの遠慮のない態度に、少しムッとしたような表情を浮かべています。

「というか、勇者を名乗って毎日フラフラ遊んでばかりのお前に言われるのは、かなり心外なんだが」

「遊んでないも一ん。今日だってうまるは、真面目に勇者活動に励《はげ》んでるもん」

「どこが真面目だ。だいたい『働きたくないから勇者になります』って何だよ。勇者なめんな」

「だってさー」うまるちゃんが、にへら、と頬を緩めました。「勇者は基本、うるさい上司の言うことも聞かなくていいし？　楽しくダンジョン探索してれば、お金も経験値も手に入るし？　その上、困り事《クエスト》を解決すれば、ひとには尊敬されちゃうし？　とってもうまる好みのお仕事なんだもん」

うまるちゃんのヘラヘラ笑いに、お兄さんは「まったく」と天を仰ぎます。

「なんつーゆとり発想……。少しはお前に振り回されるひとのことも考えろよ。『勇者様』に縋らなきゃいけないひとっていうのは、もっと切実な心境なんだよ。少なくとも、遊び半分でやっていいことじゃない」

　妹の目をじっと見つめ、お兄さんが諭《さと》すように告げました。

　実に正論です。自由気ままな勇者様とはまったく違う、的《まと》を射《い》た大人の意見でした。

　ここにきて、ようやくまともなことを言ってくれるひとが現れた――私は、思わずほっとしている自分に気がつきました。

　お兄さんが、真面目な顔で続けます。

「どうせ今回だって、いい加減な気持ちでエビナちゃんを救うとか言いだしたんだろ」

「いい加減な気持ちじゃないもん。うまるなりに、いろいろ考えた結果だもん」

「何だよ、いろいろって」

「そりゃあもちろん、クエストのクリア報酬として、この村に何を吹っ掛けてやるかとか」

「自分の利益しか考えていないじゃないか……!?」

　深くため息をついたあと、お兄さんは「しょうがない」と顔を上げます。

「俺もそんなに暇な仕事をしているわけじゃないんだけど……お前には、お目付け役が必要みたいだな。このままだとエビナちゃんが、うまるに振り回されてろくでもない目に遭いそうだし」

「えと、それって……?」

　私がきょとん、としていると、うまるちゃんが口を開きました。

「うまるが心配でしょうがないから、ついて来てくれるってことだよね。……もう、お兄ちゃんはツンデレなんだから」

「なんだよツンデレって。……まあ、ある意味心配なのはその通りだけど」

ため息交じりに眼鏡のつるを押し上げ、お兄さんが続けます。

「こいつが好き勝手しないように見張るのは、保護者の役目だしな。……まあ、そんなわけで改めてよろしく。エビナちゃん」

「あ……は、はいっ……！」

エリート宮廷魔導士のお兄さんがついてきてくれるなんて、頼もしいことこの上ありません。緊張のせいか、目が合うたびにドキドキしてしまうことだけが少し厄介《やっかい》ですけど。

高鳴る胸を押さえ、私はぺこりと頭を下げます。

「よろしくお願いしますっ……！」

頼れるお兄さんが、仲間になりました！

※

「幽玄《ゆうげん》なる雷《いかずち》の精霊よ……！　我にその力を示せ――」

お兄さんが呪文を詠《えい》じると、手にした杖の先端にバチバチと幾筋もの電撃が迸《ほとばし》りました。

生じた電撃は寄り添うようにして、一本の矢へとその形を変えます。

膨大《ぼうだい》な魔力によって作られた、雷の矢。

周囲の空気が振動し、ローブの裾《すそ》がはためいています。離れたところから見ているだけの私でさえ、あまりの迫力に息を呑《の》むくらいでした。

「〝ボルティクス・アロー〟！」

叫びとともに放たれた雷の矢は、宙を切り裂き、一直線に目の前のモンスター——巨大蜘蛛《ぐも》へと向かいます。狙い撃たれた高速の矢は、一発必中で蜘蛛の脳天を捉《とら》えました。

魔法の矢は、蜘蛛に断末魔《だんまつま》を上げることさえ許しません。命中した瞬間に激しい火花を飛び散らせ、巨大蜘蛛を一瞬のうちに消《け》し炭《ずみ》に変えてしまったのです。

「ふう……。終わりっと」

平静そのものといった表情で、お兄さんが呟きました。

その額には、汗《たやす》ひとつかいてる様子は見られません。自分の身体よりも大きなモンスターを、こんなに容易く倒してしまうなんて驚愕《きょうがく》です。

私なんか、蜘蛛を見た瞬間に怖くて動けなくなってしまったというのに。

「す、すごいなあ……これが宮廷魔導士さんなんだ」

そんな私の感嘆の呟きにも、お兄さんは「大したことないよ」と苦笑いを浮かべるだけでした。実に謙虚《けんきょ》な姿勢です。本当の実力者というのは、こういうものなのかもしれません。

やっぱり、どうしてもお兄さんのほうに、本物の勇者様の貫禄《かんろく》を感じてしまいます。

一方、妹の自称勇者様はと言うと、そんなお兄さんの戦いを横で見ていただけ。

特に何もしてはいませんでした。

「てれってってー！　うまるはレベルアップー！」

いえ、何もしていなかったというと語弊《ごへい》がありますね。うまるちゃんはその場でくるくると、何やら不思議な踊りを踊っているだけでした。

「最大ＨＰがアップ！　素早さがアップ！　愛がアップ！」

「愛ってなんだよ……」

彼女の怠慢《たいまん》ぶりには、さすがのお兄さんも呆《あき》れ気味のご様子。

「ていうか、なんかさっきから俺ばっかりひとりでモンスターと戦わされてる気がするんだけど。お前は何してんだよ。一応勇者なんだろ」

「勇者っていっても、うまるはインテリ系勇者だからねー」

腕組みしつつ、うまるちゃんが偉そうに言い放ちます。

「あくまで司令塔的ポジションっていうの？　安全圏から戦略を考える役割に徹してたんだよ。肉体労働は下々《しもじも》の者に任せて」

「何が下々の者だ。せっかく好意で手伝ってやってるってのに」

「そこはむしろ、普段地味なお兄ちゃんに活躍の機会を譲ってあげたんだからさー。うまるに感謝すべきところだと思うよ？」

「ただ怠《なま》けたいだけのくせに」お兄さんが、やれやれと肩をすくめました。「そんな勇者がいるかよ。エビナちゃんだってドン引きしてるだろ」

急にお兄さんに話を振られてしまい、少しびっくり。私は慌てて「いえいえ！」と首を振ります。

役に立たないといえば、うまるちゃんよりも、むしろ一般人の私のほうですから。

「う、うまるちゃんもその、十分すごいと思うよ？　こんなに薄気味悪い洞窟で……しかもあんな不気味なモンスターがいっぱい襲ってくるのに、顔色ひとつ変えないんだもん」

さすが勇者様って言うだけあるよね――と私が告げると、当のうまるちゃんは満面の笑みを浮かべました。

「だよね！　エビナちゃんこそうまるの真の理解者だよ！」

彼女は、とてとて、と私のほうに走り寄ってくると、私の手を両手でしっかりと握りました。親愛の情のこもった、力強いシェイクハンドです。

「もうアレだね。うまるとエビナちゃんはマブだね。どんな苦難もともに乗り越えていける、かけがえのない仲間だよ。合体必殺技とか使えそう」

「？　使えないと思うけどなあ」

私が苦言を呈《てい》しても、手を握る力を一向に弱める気配はありません。それどころか、ハグまで求めてくる勢いです。

「おおお？　エビナちゃんって、見た目以上にスゴいふかふか……！」

突然うまるちゃんに抱きつかれ、私は「ひゃわう⁉」と変な悲鳴をあげてしまいました。

友達とのスキンシップ経験が浅い私にとっては、相手からこれだけ好意を向けられるというのは新鮮な感覚でした。あわあわと狼狽えてしまいます。

そんな私たちの様子を見ながら、お兄さんは苦笑いを浮かべていました。

「まあ、仲良しなのはいいけどな」


薄暗い洞窟をひたすら降り続けて、もうどのくらいの時間が経ったでしょうか。

長老様いわく、基本的にこの〝捧げの洞窟〟は、シンプルな構造だということでした。わき道を無視して広い空洞だけを降りていけば、迷わず最深部に到達する作りだそうです。普通なら、所要時間は一時間もかからないとか。

しかし私たちはもう、かれこれ数時間はこの洞窟の中で彷徨《さまよ》っています。もちろん陰気でジメジメした洞窟の中なんて、いつまでもうろうろしていたい場所ではありません。私たちがこんな苦労をしているのも、うまるちゃんの放った一言が原因でした。

「洞窟の隅々まで調べないで何がダンジョン探索か！　勇者を名乗る以上、うまるは宝箱を全部見つけないと気が済まないんだよ！」

私はもちろん、お兄さんですらこの方針に反対することはできませんでした。いわく「反対したところで無駄。あいつはひとりででも探索しに行くから」とのこと。

さすがにこの暗い洞窟の中で、うまるちゃんに単独行動をさせるわけにもいきません。はぐれでもしたら大変です。なので結局、三人一緒に、洞窟を隅から隅まで探索することになってしまったのでした。

寄り道ばかりしてたせいでしょうか。襲いくるモンスターはひっきりなしでした。

血吸いコウモリがいました。動くスケルトンにも出くわしました。見たこともない食人植物に驚かされ、地を這《は》う巨大軍隊アリの群れにも襲われました。

それでも道中なんとかなったのは、ほとんどお兄さんのおかげです。凶悪なモンスターたちを、お兄さんが事もなげに次々と魔法で撃破していく様は、圧巻の一言でした。

私も何度危機を救われたかわかりません。そのたびに胸がきゅんと苦しくなるのは、何かの病気だったりするのでしょうか。

ともあれ、大冒険でした。

私のような一般人からすれば、もうアドベンチャーは一生分楽しんだ、くらいの感覚です。洞窟なんてもうお腹《なか》いっぱい。お日様が恋しいです。

足はもうヘトヘトで、叫び疲れて喉はカラカラ。このままではもう、魔物のもとにたどり着く前に倒れそうな状況でした。

しかし悲しいかな。どれだけ洞窟を探索しようとも、うまるちゃんが大好きな宝箱は、ひとつとして見つからないのでした。

「むが――――！　なんなのこの洞窟！　宝箱のひとつもないとか正気なの⁉　こんなん欠陥ダンジョンじゃん！　訴訟も辞さない勢いだよ！」

宝箱が見つからないのがよほど腹に据《す》えかねたのでしょうか。勇者様は地団駄《じだんだ》を踏みならし、体全体で不満を表現しています。なかなかのだだっ子ぶりです。

「いや待て、うまる。論理的に考えてみろよ」

お兄さんが、宥《なだ》めるような調子で口を開きました。

「ここは魔物が棲《す》んでるって洞窟なんだろ？　人間が来るとしても、五年に一回生贄を捧げに来るだけだ。普段はひとがいない場所ってわけだよな」

「まー、そうらしいね」うまるちゃんが、こくりと頷きます。「だから？」

「だからさ、最初から宝箱があるって考えるのがそもそもおかしいんだよ。宝箱って、人間が財宝を隠しとくためのものなんだから。もし仮にこの洞窟に宝箱があったとして、それは誰が何のために設置するんだ？」

なるほど。お兄さんの説明は理路整然としていて、実にわかりやすいものでした。確かにそう言われれば、この洞窟に宝箱がないのも当然という気がしてきます。

　しかし、それでもうまるちゃんは納得した様子を見せません。

「そうだけど！　確かにそうだけど！　ダンジョンには宝箱ってお約束じゃん！　そんな最低限の常識を無視されちゃったら、うまるはどうやってテンション上げればいいの!?」

「いや、別にお前のテンションと洞窟には何の関係も――」

　と、お兄さんが言いかけたそのときでした。

　ごん、と鈍《にぶ》い音が、どこからともなく周囲に響きわたります。

　何の音だろう――と確認する暇もありませんでした。

　なにしろ次の瞬間。お兄さんの身体は、ドサリ、とうつ伏せに地面に倒れ伏してしまっていたのですから。

「え……？」

　何が、どうなったというのでしょうか。

　お兄さんの身体は、ぴくりとも動いていませんでした。まるで糸の切れた人形のように、冷たい地面に横たわっています。

「お、お兄ちゃん!?　どうしたの、こんなとこで過労死!?」

　慌てて駆け寄ろうとしたうまるちゃんの背後から、「動くな」という言葉が聞こえてきました。どこかで聞いたことのあるような、厳かな声色です。

「お嬢さんがた。命が惜しいのならば、無駄な抵抗はしないことじゃな」

「え、な、何……⁉」

私たちを前後から挟むように、足音が響いてきました。十人は下らないでしょう。

どうやら私たちは、気づかないうちに何者かに包囲されてしまっていたようです。

「悪いが、そこの宮廷魔導士殿には眠ってもらうことにした。あれほどの手練《てだ》れとなると、さすがに面と向かって相手をするのは厄介そうなのでな」

うまるちゃんの手にした松明が、その人物の顔を照らし出します。

ボリュームのある白髭に、でっぷりと太った体躯《たいく》――見覚えのあるそのシルエットは、私たちの村の最高権力者に他なりませんでした。

「ちょ、長老様……？　どうしてここに」

「なあに。恒例の取引を、つつがなく進めるためじゃよ」

長老様が、うっすらと口元を歪《ゆが》めます。

恒例の取引とは、いったい何のことなのでしょうか。あまりいい予感はしません。

「へへへ」「抵抗はもう無駄だ」「怪我したくなかったら動くんじゃねえぜ」

私たちを囲んでいるのは、長老様が金に飽《あ》かせて雇った用心棒集団の方々――ダガーやメイスで武装した、荒くれ者の皆さんでした。

うまるちゃんの魔物討伐《とうばつ》を手伝いに来てくれたようには見えません。

ごくり、と息を呑みます。もしかしてあのひとたちが、お兄さんを後ろから襲って気絶させたのでしょうか。

「おおう。右も左もコワモテだらけ……。なんだか世紀末な雰囲気だね」

普段は余裕たっぷりのうまるちゃんですが、さすがにこの状況には危機感を覚えているようです。いつになく神妙な表情で、周囲をきょろきょろと見回しています。

それはもちろん私も同じ。さっきから膝がぶるぶると震えて止まりません。

困惑する私たちの姿を見て、長老様がほくそ笑みます。

「もともとこの洞窟は、わしらが港町の闇商人と取引を行うための場所だったのじゃよ。危険なモンスターが徘徊《はいかい》するような場所ならば、村人はまず近寄ろうとせんからな」

「そんな場所で取引って……い、いったい何を……？」

「決まっているじゃろう。〝村の子供〟じゃよ」

この老人は、いったい何を言っているのでしょう。村で一番偉いひとのはずなのに。

状況がさらに、混乱に拍車をかけます。長老様が「やれ」と命じるや否《いな》や、背後にいた用心棒のひとりが、いきなり私の右腕をつかみあげてきたのです。

「ひあっ……⁉」

突然のことに、私はどうすることもできませんでした。抱えていた脱穀用棍棒は地面に落ち、足元をゴロゴロと転がっていきます。

「ははーん。なるほど。うまる、謎が全て解けちゃったよ」

うまるちゃんが、何やら訳知り顔で頷いています。

「もともとこの洞窟には、生贄を必要とする魔物なんていなかった。生贄の話は、そこの長老さんがでっち上げたんだよ。人買いとの取引をカモフラージュするために。……これが正解でしょ。勇者様の灰色の脳細胞は誤魔化せないよ！」

「う、嘘《うそ》……？　じゃあ、今まで生贄にされたはずの子たちは、みんなその取引で……」

ひどい話もあったものです。これまで何人の子供が騙《だま》されてきたのでしょう。

みな村のために犠牲になる覚悟を決めていたでしょうに、まさか長老様の私腹を肥《こ》やすためだけに人買いに売られていっただなんて……。それはただ命を奪われるよりも、辛いことのように思えます。

「村で育った勤勉な子供は、よい労働力になる。都会では、なかなかの金で売れるそうじゃな」

くっくっく、と長老様が忍び笑いを浮かべます。

人様の風上にもおけない発言でした。お父さんもお母さんも、ずっとこんなひとの言いなりになって暮らしてきたのかと思うと、悔しい思いでいっぱいでした。

うまるちゃんの瞳も、心なしか怒りに燃えているようです。

「まったく、すがすがしいほどの悪党もいたもんだね……。こういうヤツこそ勇者として成敗《せいばい》しがいがあるよ」

「なんとでも言うがよい」私たちを睥睨《へいげい》して、長老様が笑います。「しかし、勇者殿がいくら義憤《ぎふん》に燃えようとも、多勢に無勢。この状況ではどうすることもできまい」

　確かに、それは認めざるを得ません。

　お兄さんは気絶させられているし、情けないことに私も、こうしてみすみす敵の手に落ちてしまっています。どう考えても、降参するしかない状況でしょう。

「無論、わしらも鬼ではないからな。むやみに村外の者を傷つけることはせんよ」

　長老様は白い髭を撫でながら、勝ち誇った笑みを浮かべていました。

「生贄の真実を口外しないのなら、勇者殿とこちらの魔導士殿の無事は保証しよう。無傷で地上までお送りすると約束する。なんなら、口止め料を払ったって構わんよ」

　それは、あからさまに条件のいい降伏勧告でした。

　うまるちゃんが、訝《いぶか》しげな表情を浮かべます。

「……エビナちゃんは？」

「いや、この娘はダメだ。貴重な商品じゃからな」

　商品。長老様の心ない言葉に、私は自分の置かれた立場を悟りました。

　そうでした。どうせ私なんてこの十六年間、もともと生贄に捧げられるために生きてきたようなものなのです。死ぬために生きてきた人間に、価値はありません。たとえ生贄ではなく、商品という言葉で呼ばれようとも、そこにさほど大きな意味の違いがあるとは思えません。

どちらにせよ、その程度の存在である私が、うまるちゃんやお兄さんの足かせになってはいけないということだけは確かだと思います。

「うまるちゃん。私は大丈夫だから」体の震えを無理やり抑え、努めて笑みを作ります。

「何も死んでお別れするわけじゃないし……。それよりうまるちゃんとお兄さんが、ここから無事に帰るほうが大事だもん。ここはひとまず、長老様の言う通りに——」

「それはダメだよ。エビナちゃんはうまるのかけがえのない仲間なんだから」

彼女の真剣な視線が、私をまっすぐに射抜きます。

「簡単に友達を見捨てられるほど、うまるはダメ人間じゃないもん」

「友達……」

彼女の一言に、私は胸がいっぱいになるのを感じました。

こんな私でも。こんな状況でも。

それでもなお、うまるちゃんは私を友達だと言ってくれる。冗談だとか、その場のノリだとかで言っているわけではないのです。目の奥が、じんと熱くなるこの感覚——。なんだか、生まれて初めて経験する気持ちでした。

強い口調で、うまるちゃんが続けます。

「友達を売って自分だけ助かろうなんて、そんなの悪党と同じじゃん。うまるは、絶対エビナちゃんを見捨てないよ。悪いやつは徹底的にやっつけて、完全無欠のハッピーエンドを目指す！　それこそクエストの目指すべきゴールだもん！」

その姿は心なしか、普段の彼女よりも凛々《りり》しく見えました。

すらりとした華奢《きやしや》な肢体《したい》を包むのは、華美な装飾の施《ほどこ》された純銀の鎧兜。さらさらの長い髪をなびかせ、切れ長の瞳でまっすぐに敵を見据える――。不思議なことに、一瞬私の目には、彼女がそんな見目麗《みめうるわ》しい少女剣士の姿に映ったのです。

「ありがとう、うまるちゃん」

ここに至って、私はようやく確信しました。

そうです。うまるちゃんは、紛《まご》うことなき勇者様なのです。

確かに傍若無人な部分も多々あるし、怠け者なのかもしれない。行動の動機にも、かなり自分勝手なものがあります。でも彼女には「いつも勇者でありたい」という強い信念があるのです。だからこそ、うまるちゃんは積極的に人助け《クエスト》に首を突っこみ、困っているひとを決して見捨てないのでしょう。

うまるちゃんと友達になれてよかった。私は、素直にそう感じていました。

「ふん。美しい友情は大変結構なことじゃが」長老様が、目を細めます。「しかし、果たして貴様らに打つ手はあるのかな」

数の利がある以上、長老様の絶対の優位は崩れません。こんな一本道の洞窟の中、屈強そうな用心棒たちに囲まれてしまっては、おちおち逃げ出すというわけにもいかないのです。

これだけの不利な状況を、うまるちゃんはどう覆《くつがえ》すつもりなのでしょうか。

「エビナちゃん、これ、借りるね」

なんと意外なことに、彼女の取った最初の行動は、私が先ほど地面に落としたエクスカリバー（脱穀用棍棒）を拾い上げるというものでした。

さすがの長老様も、これには失笑を堪《こら》え切れない様子です。

「何をする気じゃ？　まさかこの人数を相手に、その棍棒で戦う気ではあるまいな」

「ふふん。どうせモブキャラは知らないだろうけどさ。いつだって勇者が伝説の剣を手にすれば、ピンチなんて楽々打破できちゃうもんなんだよ」

うまるちゃんが不敵な笑みを浮かべます。

それ伝説の剣っぽい名前がついてるけど、実質ただの棍棒だよね——とツッコむ空気ではありませんでした。彼女の表情はまさに真剣そのものです。

「えたーなるふぉーす——」

うまるちゃんは謎の呪文を詠唱しながら、棍棒の持ち手を握り、投擲《とうてき》姿勢に入ります。

え、それ投げるの——と驚くのも束の間のこと。次の瞬間、彼女は「うぇいくあーっぷ！」という叫びとともに、思いきり棍棒を放り投げたのです。

私も長老様も他の用心棒の方々も、明後日《あさって》の方向へと飛んでいく棍棒をただ、ポカン、と見つめることしかできませんでした。うまるちゃんがいったい何を狙って投げたのか、誰にもさっぱり理解できなかったのです。

そうです。エクスカリバー（脱穀用棍棒）の落下地点は、誰にも予想しえなかった場所――地面に横たわるお兄さんの、無防備な後頭部でした。

ええ、それはもう、「スコーン！」と小気味良い音が響きましたとも。

そしてその一打はなんと、奇跡を呼んだのです。

「……いってえええええええええっ!?」

完全に気絶していたはずのお兄さんが、悲痛な叫び声を上げました。飛来した棍棒の衝撃により、なんと彼は目を覚ましたのです。

「はっ……!?　お、俺はいったい……？」

がばりと上体を起こし、周囲をきょろきょろと見渡すお兄さん。斜《なな》めにズレてしまった眼鏡が、なんだか少し可愛いと思ってしまいました。

「これがうまるの奥義。〝エターナルフォース目覚まし〟……相手は飛び起きる」

うまるちゃんが両手を腰に当て、得意げに呟きます。

「つまり、仕事疲れで死んだように眠るお兄ちゃんを、強制的に起こしてしまうという禁断の荒業《あらわざ》だよ！　どんなに眠りが深かろうと、斜め四十五度から適度な衝撃を与えれば一発覚醒！　主にお兄ちゃんが休みの日の朝、暇を持て余したうまるが遊んでほしいときなどに使います」

「あはは……なにそれ」

思わず噴き出してしまいます。

兄妹仲が良さそうで何よりです。もっともお兄さん的には、毎度毎度こんな起こし方をされていれば、たまったものではないのかもしれませんが。

気絶から目覚めた当のお兄さんは、周囲の状況の変化に戸惑《とまど》いを隠せない様子でした。

眼鏡の位置を直し、怪訝《けげん》な表情を浮かべています。

「なんだこの連中……？　あんまり友好的には見えないけど」

「全部悪いやつだよ、お兄ちゃん！」うまるちゃんが叫びます。「やっちゃって！　超強い魔法で、全力で思いっきりやっちゃって！」

「いや、さすがに宮廷魔導士が一般市民相手に全力を出すっていうのはだな――」

「んじゃ、多少手加減してもいいから！」

完全に他力本願な勇者様でしたが、まあ彼女らしいといえばいつものことです。

長老様とその手下の皆さんは、お兄さんが目を覚ましてしまったことに動揺を隠せない様子です。お互いに目配せし合い、逃げ腰になっているひともいました。

まあ無理もありません。この洞窟のモンスターが束になっても、お兄さんの魔法の敵ではなかったのです。いくら武装しているとはいえ、ただの人間に勝ち目はないでしょう。

お兄さんが立ち上がり、手にした杖を振りかざしました。

「すみません皆さん！　とりあえず行動不能にさせてもらいます！　事情を聴くのはそのあとで！」

頭を下げながら、お兄さんが叫びます。

「流動する土の精霊よ、我にその力を示せ――！」

魔導士の杖が、力強く地面に叩きつけられます。

するとどうでしょう。長老様や荒くれ者たちの足元の地面だけが、ぬかるんだ泥のように軟化していくではありませんか。

「むうっ、これは……！」

慌てて脱出しようとする長老様たちでしたが、時すでに遅し。

彼らの足元の泥は、すでに沼のごとくドロドロに液状化してしまっており、外に逃れようと足掻《あが》けば足掻くほど、その身を絡めとってしまうのです。

「無駄です。〝マットジェイル〟の呪縛からは、誰も逃げられません」

お兄さんがクールに呟きます。大変かっこよくて、つい見とれてしまいます。

全員が腰までどっぷり嵌《は》まり、その場から動けなくなってしまうまで、ものの三十秒もかからないくらいでした。さすがはお兄さんの魔法。鮮やかな手際です。

「なんということじゃ……。宮廷魔導士め……！」

うまるちゃんが、動けない長老様を見下ろして満面の笑みを浮かべました。

「ふっふっふー！　正義は勝つ！　うまるの強さを見たか、悪党ども！」

「いや、お前の強さっていうかさ……まあいいけど」

お兄さんが、呆れたように呟きました。

※

地上に戻ってくると、空には満点の星々が輝いていました。私たちが洞窟の中にいる間に、辺りはすっかり夜になってしまったようです。

「ふう……空気が美味しい」

外に出て最初の感想が、まずこれでした。

淀《よど》んだ空気から解放されたことで、無事に生還できたのだと実感できました。魔物の生贄にされると思っていた当初は、洞窟に入ったが最後、生きて外の空気を吸うことは二度とできないと思っていましたから。

私の命を救ってくれた勇者様に、ちらと目配せをします。

「よーし、クエスト完了！　悪者も捕まえたし、うまる大勝利だね！」

洞窟の入り口に仁王立ちして、うまるちゃんが勝利の余韻《よいん》に浸っていました。

視線の先には、宮廷官吏《かんり》に連行されていく長老様一派の姿がありました。これから彼らは王都で、人身売買についての厳しい取り調べを受けることになるのでしょう。これまでに売り飛ばされてしまった子供たちについては、追跡調査がなされるそうです。

とにかく、うまるちゃんとお兄さんの活躍によって、村の悪習は終わりを告げたのです。

私の命を救ってくれた件と言い、ふたりにはどれだけ感謝をしても足りません。私にできるお礼なら、なんでもしてあげたいくらいです。

「あれ、でも」うまるちゃんが呟きます。「村のトップが捕まっちゃったってことは、クエスト報酬は誰に吹っ掛ければいいんだろう？　エビナちゃんかな？」

これには苦笑い。吹っ掛けられる報酬が、常識的な範囲であることを願うばかりでした。

と、そんなことを考えていたときのことです。官吏への容疑者引き渡し手続きを終え、お兄さんが私のそばにやってきました。

「エビナちゃん。今回はいろいろすまなかったね」

「え？　いえ、私のほうこそ……！」

「なんだか、うまるのワガママに付き合わせちゃう形になっちゃってさ……。本当だったらこういうのって、俺たち王宮の人間が、なるべくエビナちゃんを危険な目に遭わせない方法で解決するべき問題だったんだろうけど」

お兄さんが、申し訳なさそうに頭を下げました。

私のことを気遣ってくれているのでしょう。なんだかもう、その気持ちだけで嬉しくて、私は顔が火照《ほて》ってしまうのでした。

「そ、そんな……あの、大丈夫です。私もなんだかんだ言って、楽しかったですし」

「楽しかった？」

「はい。えーと……その、私、今までちゃんと友達と遊んだこととかなくて。そういう意味じゃ短い間だったけど、うまるちゃんと冒険できてよかったっていうか……友達になれてよかったたっていうか」

私のたどたどしい言葉に、お兄さんは「そっか」と微笑みを返してくれました。

「そう言ってくれるなら嬉しいよ。うまるもああ見えて、結構寂しがりだからさ」

「うまるちゃんが？」

意外でした。すごく明るい子なので、あんまり繊細そうなイメージはなかったのです。

「うん。あいつが勇者なんて言ってフラフラするようになったのも、俺が王宮に勤め出してからなんだよ。あんまり構ってやれなくなったから、寂しさを紛《まぎ》らわせようとしてたのかも」

「そうだったんですか……」

「だからさ」眼鏡の奥の瞳が、優しく細められます。「エビナちゃんさえよければ、これからもときどき、うまるの遊び相手になってやってくれないか？　あいつ、エビナちゃんのことは気に入っているみたいだから」

「あ、えと――」

　私が返事をしようとしていたその矢先、当のうまるちゃんが「おーい！」と手を振ってやってきました。

「ねえねえエビナちゃん。今回のクエスト報酬のことだけどさ」

　うまるちゃんは、にんまりと口角を上げ、私の目を覗きこんでいます。とっても楽しいことを思いついた！　という感じの無邪気な表情です。

「え、えーと。できればお手《て》柔《やわ》らかにお願いしたい、かな。私にできることなら善処するけど……」

「うん。そのへんは大丈夫」うまるちゃんが、こくり、と頷きます。「これどうかな。『エビナちゃんが、勇者パーティに正式参入する』っていうの」

「正式参入？」

　思わず首を傾げてしまいます。

「ほら。こういうのって、ひとつイベントが終わると、仲間が増えたりするじゃん。だからエビナちゃんも、正式にうまるの仲間になったらよくない？　って。……まあ、おうちのお仕事が忙しくないときだけでもいいから」

「それってつまり、これからも一緒に遊ぼう、ってことだよね」

うまるちゃんが「そうとも言うね」と、微笑みます。

そういうことなら、私に断る理由はありません。横のお兄さんも、どこか微笑ましそうな目で私たちのやり取りを見つめていました。

「それじゃあ、今後ともよろしくね。うまるちゃん」

「よーし！　それなら勇者パーティ、早速活動開始だね！」

まずはエビナちゃんの村にある壺を、根こそぎ叩き割ることからスタートだ——と、うまるちゃんが走り出します。とても嬉しそうな、とびっきりの笑顔で。

「あ、ちょ、ちょっと待って⁉」

うまるちゃんのあとを追い、慌てて駆け出します。

降り注ぐような星空の下。私たちの冒険は、ここから始まりを告げたのです。

# 夏コミ初心者! きりえちゃん

有明《ありあけ》へと向かう電車の中。

本場切絵《もとばきりえ》は、潰れたカエルのような悲鳴を上げていた。

「ふみゅぎゅ」

乗車率三百パーセントの世界だ。都内在住のきりえですら体験したことのない圧迫感である。なにしろ、人間の壁に右から左から押し潰され、腕一本まともに動かせない状況なのだ。いつ圧死してもおかしくはない。

「キ、キツすぎ……」

実を言うと、きりえはさっきから隣の太った女性に足の甲を踏みつけられていて、涙目になるほど痛みを感じていたりする。

本当は文句の一つでも言いたいところだったのだが、残念なことにきりえは、見ず知らずの大人に自分から話しかける勇気など持ち合わせてはいない。こういうとき、人見知りは損をするのだ。

すし詰めにしても限度がある、と、きりえは思う。

このひとたちもみな、例の〝夏祭り〟に向かうお客さんなのだろうか。ただの祭りだというのに、この乗客の多さはいったいなんなんだろう。

というか、やたらと血走った目をしているひとたちもいて、ちょっと怖い。

「制圧は東館からだ。まずは壁を中心に攻める」

「アー2a、トー1bあたりは最優先で押さえたいところだな」

「まて。西の企業限定品の動向も軽視できん。最低でも十二時前後までにたどり着けなければ、おそらく確保は困難になるだろう」

そんな呟《つぶや》きが、きりえのすぐ近くから聞こえてくる。

仲良くお祭りに遊びに来た友人同士の会話――だとは到底思えなかった。彼らはまるで狩りに向かう熟練猟師のごとく、全身に張りつめたオーラを漂わせている。

意外だったのは、こういう気合いの入った乗客が、割合的に決して少なくないということだった。ぎゅうぎゅう詰めになりながらも、ほとんどの乗客たちはみな、爛々《らんらん》と瞳を輝かせていたのである。

いったい、何が彼らをここまで急《せ》き立てているのか。普通の夏祭り客には見えない。

もしかして自分は、この中ではかなり場違いなのではないか――。きりえがそれに気づいたのは今更のことだった。

そもそも、きりえの中で「夏祭り」と言えば、屋台に櫓太鼓《やぐらだいこ》のイメージだった。

神社の境内《けいだい》で、わたあめを頬《ほお》張る男の子。ビール片手に射的に夢中になるお父さん。見よう見まねで盆踊りに参加するお母さん。最後の締めは、家族みんなで花火鑑賞……。夏祭りというものは普通こんな具合に、情緒溢《あふ》れる催し物だったはずだ。

だから今日は、こうして新調した浴衣《ゆかた》まで着てきたのに。

しかし、きりえが着ているおろしたての水玉の浴衣は、すでに乗客の波に揉《も》まれ、しわしわになり果てていた。最悪である。

(ホントなんなんだろ、このひとたち……)

車内に、わたあめを楽しみにしている男の子なんていない。ファミリー要素は皆無《かいむ》だ。乗客の雰囲気は、そんな和気あいあいとした雰囲気からは大きくかけ離れたものだったのである。

胸に大きくアニメの女の子が描かれたTシャツを着ているおじさん。

むしろ漫画のヒロインみたいな、ヒラヒラの魔法少女の衣装を着ているお姉さん。

そんな大荷物でどこ行くのというレベルの、段ボール箱を二つ三つカートで引きずるお兄さん。

珍しい光景だった。ここまで密度の濃い——ぶっちゃけ変な——人々の集団は、そうそうお目にかかれないだろう。だが今は、彼らこそが車内のマジョリティなのである。

八月中旬——。某インターナショナル展示場行きの電車の中では、きりえのほうがむしろ異質な存在だったのだ。

浴衣なんかで来てしまったのは、もしかしたら大失敗だったのかもしれない。

師匠にお中元を贈ろう。

そうきりえが思い立ったのは、夏休みに入る少し前のことだった。

発端は、両親が親戚に贈るお中元のことを相談しているのを耳にしたときだ。それなら自分も、今年もっともお世話になった相手にお礼を返すのが礼儀だ――と、そう考えたのである。

こまる師匠は、きりえにとってほぼ唯一の、気軽に話せる遊び相手だった。

口下手な自分とも、愛想を尽かさず遊んでくれるのは彼女くらいのもの。師匠がいたからこそ、彼女のお姉さん――うまるさんとも、最近仲良くなれてきたような気がする。

常々、何かの形で感謝を示したいとは思っていたのだ。そこに来てのお中元シーズンである。実にナイスタイミングだった。

それにしても、どんなものを贈ればいいのか。

ハムや洗剤のような定番お中元を贈るのは、何かが違う気がする。せっかくなら、師匠が喜んでくれそうなものをプレゼントするべきだろう。まず考えるべきなのは、師匠が好きなものだ。

師匠の好きなもの……お菓子、ゲーム、アニメあたりだろうか。

「そういえば前に師匠が絶賛してたあのアニメ、なんて言ったっけ……？」

師匠の家で遊んでいたとき、観せてもらったアニメのブルーレイがあった。

師匠が「これ神だよ！　神！」と連呼していたアニメだ。普通の少年である主人公が、異世界で八面六臂《はちめんろっぴ》の活躍をするという内容のファンタジー作品である。

タイトルは、確か〝俺思《おれおも》〟とかいう略称だっただろうか。

とりあえずきりえは、ＰＣのブラウザの検索フォームに、「俺思」を入力してみることにする。せっかくだから、このアニメのグッズ関連で何か探してみよう。その中に、きっと師匠が気に入ってくれるものがあるに違いない。

我ながら良いアイディアだと、きりえは思った。

そのまま、マウスをカチカチ操作すること三十分。

きりえがたどり着いたのは、とある個人サイトだった。ページ名の見慣れぬ文字列に、眉をひそめる。

「同人サークル『えー・える・えっくす』……？　同人ってなんだろ？」

トップには、アニメで観たときとどこか雰囲気の違う〝俺思〟のイラストがあった。ヒロインのお尻がアップの、セクシーな構図のイラストである。バリバリに男性向けのイラストであったにもかかわらず、不思議と嫌悪感は生まれない。それどころかむしろ、惹《ひ》きつけられてしまうくらいだった。素人《しろうと》目に見ても、抜群に上手いからだろうか。

「ええと『夏コミ三日目　〝俺思〟新刊配布予定。限定五百部』……」

トップ絵の下に書かれていたのは、そんな文字列だった。

詳しくはよくわからないが、どうやら「夏コミ」というところで、〝俺思〟の「新刊」が配布されるらしい。

新刊というからには、たぶん本なのだろう。しかも限定五百部という表記から察するに、滅多《めった》に手に入らないレアグッズに違いない。

これだ、と、きりえは思った。

大好きなアニメの限定本なら、絶対に師匠も喜んでくれるはずである。とにかくこの「夏コミ」とやらがいつどこで行われるのか、調べてみよう。

まずはそこからだ。

※

そして夏休みも半ばが過ぎた今日この日、きりえは有明へと向かう電車の中で、もみくちゃにされていたというわけである。

「夏コミってアレでしょ、夏祭りみたいなもんでしょ」

そんな師匠の言葉を真に受けて、浴衣などという周囲から浮きまくった格好をしてきてしまったのだ。ちゃんと調べてくれればよかった、そう思っても後悔先に立たず、である。

「つ、疲れた……！」

満員電車からよろめくように降車し、きりえはため息をつく。

しかしきりえは知らない。電車を降りても、困難はまだまだ続くということを。

人間の波に流されるようにして改札を抜け、展示場へと続く果てしない行列へ。何がキツイかと言えば、この列がほとんど動かないのが問題なのである。

三十五度の炎天下で行われる、地獄の待機訓練――。それは、きりえがこれまでの人生で経験したことのないサバイバルであった。

暑さのあまり倒れる者。うわ言をぶつぶつ呟く者。そんな来場者たちに、アイスキャンディを「お祭り価格」で売りさばく、商売上手な者もいる。

そもそも、仮設トイレですら大混雑なのだ。便器まで間に合わず、大惨事を引き起こしてしまった者の姿も見られる。脱落者たちはもちろん、会場に入ることすらできずに放逐《ほうちく》される。厳しい世界なのだ。

「地獄絵図だ……」

陽炎《かげろう》がかった逆三角錐《すい》の建物を遠目に、そのままかれこれ二時間は待たされただろうか。

せっかく早目に家を出てきたというのに、外で待たされているだけで午前中が終わってしまったほどである。

「こ……これが夏コミ……」

猛暑と人混みのせいで、会場内に入れたころには、すでにきりえの息は上がっていた。来る途中に何気なく買ったペットボトルのお茶がなければ、リアルに脱水症状を起こしていたかもしれない。

『夏コミのススメ、そのいち。楽しさのあまり、祭り参加者としてのマナーを忘れないこと！ 夏コミには、夏の魔物が棲《す》んでいる！』

来る前に、ネット掲示板で見つけたそんな言葉が頭をよぎる。

「そもそも楽しいのか。これ……」

まあ確かに、楽しいひとには楽しいのかもしれない。

展示場内部では至る所に美少女キャラやらイケメンキャラやらのポスターが貼られているし、売店やコンビニではここぞとばかりに特製お土産が販売されている。ある意味、お祭りというのは正しかったのだ。

しかし悲しいかな。この手の世界にあまり馴染みのないきりえにとっては、その楽しさの欠片《かけら》も理解できていなかったのである。

「はあ……これだから、ネットに書いてあることなんて当てにならないんだ」

場内の長い廊下を歩きながら、きりえは浴衣の袖で額の汗を拭《ぬぐ》う。

直射日光が当たらないだけまだマシだが、建物内もすごい熱気であった。人口密度が桁《けた》外れなため、空調がおいついていないのだ。

隣を歩くひとと腕が触れ合う。ぬるりとして、あまりいい気分ではなかった。

「こんなに暑いのに、すごい格好してるひとたちもいるし……」

きりえが目を向けたのは、通路のガラスの外、「コスプレエリア」なる野外スペースである。

そこでは、様々なキャラクターの衣装をまとったコスプレイヤーたちが、来場者のカメラに向けてポーズを取っていた。

妖精みたいな衣装の女の子や、往年の仮面ヒーローたち。どこかで見たことがあるようなゆるキャラもいた。

「元気だなあ……みんな」

なにしろ今日は、今年の夏のうちでも記録的な猛暑なのだ。この殺人的な陽気の下、カメラの前で笑顔を崩さないというのは至難の業《わざ》だろう。

水着のように、露出度高めの衣装ならまだいい。しかし、ロングコートがトレードマークのキャラクターなどは、正直キツイだろうと思う。

中にはハリボテのロボットを全身にまとっているコスプレイヤー（そもそもコスプレと言っていいのか疑問だが）などもいて、それに至ってはもう理解が及ばない。内部は確実に蒸し風呂だろう。

夏コミケ
カタログ
NO.51
ヘスティラ

「すごい精神力だ……サウナよりつらそう」

一周回って、思わず感嘆のため息をついてしまう。

と、そのとき。

きりえの耳に、ひときわ大きなざわめきが聞こえてきた。

「おいおい、あの子すげえぞ」「クオリティやべえな！」「これは画像保存確定でござる！」

どうやらひとりの少女を、何十人もの撮影者がぐるりと囲んでいる様子だった。群衆の規模なら、エリアの中でも間違いなく一番である。

いったいどんなコスプレなんだろう――きりえは、足を止めて詳しくその様子を見てみることにした。

通用口を抜け、エリアに向かう。日差しがまぶしい。

「……ん？」

カメラの中心にいたのは、どこかで見覚えのある女の子だった。

腰まで届く長い髪に、日本人離れしたスタイル。西洋人形のように整った、美しい顔立ち。そんな少女が両手を胸の前でシュバッと交差させ、華麗なポージングを決めている。

「今の私《わたくし》はただの高校生ではありません！　コスプレエリアに咲いた一輪の花！　いわば、キュラ・シルフィンフォードですわぁー！」

彼女が身にまとうのは、胸元の巨大リボンとフリル付きのスカートが特徴的な、アニメの変身ヒロインの衣装だった。きりえも小さい頃、日曜の朝にテレビでやっているのを何度か観たことがある。ご存知プリキュラシリーズだ。

相当なギャラリーがついているだけあって、かなりのクオリティのコスプレだった。コスプレイヤー自身の魅力もさることながら、衣装細部の作りこみもすごいのだ。

上着のリボンとカフスは、滑《なめ》らかに映えるサテン生地。ツインテールの根本には、薔薇《ばら》の花をモチーフにした髪飾りがあしらわれている。目を引くのは、二層に分かれたミニスカートだ。それぞれ細かいところまで白いレースで飾られている。この仕様のおかげで原作通り、開いた花のように見えるのだ。

彼女の手作りなのだろうか。素人制作とは思えないその出来映えには、門外漢であるきりえすらも惚《ほ》れ惚《ぼ》れとしてしまったくらいだ。

そもそも、対象年齢を無視して子供向けアニメのキャラクターになりきるくらいなのである。詳しい素性は知らないが、あのコスプレイヤーさんの熱意も愛情も、半端なものではないのだろう。

きりえは尊敬の眼差《まなざ》しで、そのコスプレ少女を見つめる。

「皆さんの注目を一身に集める私《わたくし》——ああ、素敵な気分！　いっそ今度、このまま登校してみるのも悪くないですわ！」

離れたところからでも、彼女が心からコスプレをエンジョイしている様子が伝わってきた。暑さなどまったく気にしていないというふうに、笑顔がいきいきと輝いている。

撮影者の皆さんも、同じくその感覚を共有しているのだろう。

「目線こっちにお願いしまーす！」「次は原作ポーズで！」と、楽しげな雰囲気が醸《かも》し出されている。被写体が全力で楽しんでいれば、撮影者にも気合いが入るというものなのだろう。

——あれは私にはできないな……さすがに。

人前に立つのがあまり得意ではない自分からしてみれば、コスプレで人前に出ようだなんてまず思わない。ああいうのは、特別な才能があるひとじゃなきゃ無理なのだろう。

おそらく、自分がコスプレの楽しさを理解する日は一生来ないだろう。

「しかしあの女の子、どっかで会った気がする。どこだっけな」

プリキュラ少女を横目にきりえが惚《ほう》けていると、ふと、横合いから声をかけられた。

「す、すみません……写真一枚いいッスか？」

「へ？」

仰々《ぎようぎよう》しいカメラを抱えた、猫背の男性だった。もちろんきりえに面識はない。

「あ、えと？」

「ゆ、浴衣イイっすね。自分、和装ポニテに目がなくて」

男性は何か勘違いをしている様子だった。きりえの場違いな浴衣姿が、コスプレの類《たぐい》だと思われてしまったのかもしれない。

　きりえは慌てて、ぶんぶんと首を振る。

「あ、ち、ちがっ……これは、そういうんじゃなく……」

　人見知りのきりえにとって、初対面の男性にきちんと自分の意志を伝えるのは至難の業だった。いつも頭の中が熱くなって、言うべき言葉を見失ってしまうのだ。

「ま、間違って着てきただけでっ……！　夏祭りだと思ってただけでっ！」

　男性が「？」と首を傾げる。

「よくわからないけど、すごく似合ってるし、大丈夫っスよ？」

「ああ、そ、そうじゃなくて……」

　私はコスプレイヤーじゃないんです——と言うのが正解だったのだろう。だが、その言葉を口にするための冷静さが、今のきりえには欠けていた。残念ながら今回も、きりえは相手とうまく意思疎通ができなかったのである。

　男性は顔の前にカメラを構え、ファインダーごしにきりえを見つめる。

「こういう可愛い子とポッと出会えるから、夏コミのカメコはやめられないんスよー。あ、写真、ネットに上げていいッスか？」

　あれよあれよと写真を撮られる流れになってしまい、さすがに焦る。頭の中がぐるぐると混乱して、どう説明していいかもわからないのだ。

結局きりえにできたことと言えば、踵《きびす》を返してその場から逃げ出すことだけだったのである。

「……す、すいませんっ！」

背後から「あ、ちょっと！」と男性の制止の声が聞こえたが、足を止める心の余裕はなかった。悪いことをしちゃったなあと思いつつ、きりえは逃げるようにコスプレエリアを離れる。

「そ、そもそも、コスプレにうつつを抜かしてる場合じゃなかった……」

今日の目的は、〝俺思〟の限定同人誌をゲットすることなのだ。コスプレに見とれている場合ではない。どうせ、自分とはまったく関係のない世界なのだし。

目指すは東ホール。

ホームページで見たあのサークル――『A《エー》・L《エル》・X《エックス》』が出展するスペースだ。

※

東ホールには、腕章を付けた係員の声が響きわたっていた。

「走らないでくださーい！　絶対に走らないでくださーい！　……ほらそこ、走るなって言ってんだろうがあああっ！」

鬼気迫る、怒りの雄たけびだった。

しかしそれも、この混沌の空間の中では致し方ないだろう。ここでは誰もがみな、自分の欲望を満たすために必死なのである。

アニメ絵の紙袋を小脇を抱え、小走りに人混みを駆け抜ける者。

分厚いカタログに目を落としながら、前傾姿勢で通路を突貫していく者。

壁際に寄りかかって体力の回復をはかりつつ、戦利品を検分する者。

タブレットを片手に通話相手に指示を飛ばす、司令官めいた者もいる。

どこかで見たことがある光景だと思ったら、アレだ。前に師匠の家で一緒にプレイした、ＦＰＳの世界だ。日本の光景だとは思えない。ここはもう、生死を分かつ戦場なのである。

いったい彼らは、何を求めてここまで必死になっているのか。

もちろん、同人誌である。

そして同人誌の世界は、闇が深い。ディープ過ぎる世界なのだ。

学校の体育館の数十倍はあろうかというだだっ広い空間に、所狭しと並べられた長テーブル——その上に陳列されているのは、いずれも、きりえが今までの人生で、まったく見たこともない体裁の薄い本だったのである。

「なななななな……なにこれ……？」

鮮烈な存在感を誇るそれら表現物の数々に、きりえはただただ呆気《あつけ》に取られていた。

たくさんの女の子たちが、あられもないポーズを取っている表紙があった。

重火器を装備した女の子が、敗北の末に悲痛な表情を浮かべているポスターがあった。

野獣のように互いを求め合う、線の細い美少年同士の濡れ場が描かれた看板があった。

キャラクターの元ネタがわかるものもあれば、ぜんぜんわからないものもある。いや、むしろこの場合、わからないほうが幸せだったかもしれない。

たとえば、世界的に有名なゲームキャラの配管工兄弟をモチーフにしたパロディ本が目に入る。彼らが半裸で絡み合う表紙イラストを見た際には、きりえもさすがに戦慄《せんりつ》を覚えてしまったくらいなのだ。『兄さんのキノコって、いつでもスーパーなんだね』——タイトルからしてスーパー過ぎて、頭がどうにかなりそうだった。

「知らなかった……！　これが夏コミの世界……！」

夏コミ。ここにきてきりえは初めて、それがアウトローな表現者たちによる、抑圧された感情の発露の場だったことを知る。

版権モノのパロディや、ニッチなフェティシズム。このイベントは、それらおいそれと世の中には出せない表現物を、こっそり身内で販売しちゃおうぜ！　……という闇市だったのだ。

「このひとだかりじゃ、こっそりって雰囲気でもないけど」

版権キャラの卑猥《ひわい》な姿が見たい！　そんじょそこらじゃ見られないエロスを堪能した

い！　そう考える人間は、結構な人数に及ぶらしい。この異常な混雑ぶりを見ていればそれもわかる。

もちろん中には健全なジャンルも探せばあるのだろう。だが、ぱっと見渡した限り、ホール内は完全にお子さまお断りの世界だった。

ピンク空間の中、きりえは心の中で懺悔《ざんげ》をする。

「師匠……私、もしかしていけない世界に足を踏み入れてしまったのでしょうか……？」

ひょっとすると目的の限定本も、師匠にプレゼントするには刺激が強すぎるものなのではないか——そんな考えが一瞬、きりえの脳裏《のうり》をかすめる。

しかし、ここまで来て引き返すという選択肢は取れない。たどり着くだけでもかなりの苦労を要したのだ。せめて目的の本が師匠へのプレゼントに適するものかどうか、その確認だけでもして帰らねば。

ショックのあまりにふらつく身体《からだ》を、きりえは気力でなんとか支える。

サークル『A・L・X』のスペースはさほど遠くないはずだった。

「す、すみませんっ！　と、通りますっ……！」

真剣な表情で本を吟味《ぎんみ》する人々の間を縫うようにして、きりえはホール北の壁際を目指す。過激な本に囲まれた空間は、歩いているだけで顔から火が出そうだった。

これも師匠のためなのだ。躊躇《ためら》っている場合ではない。

「……ここか」

目的の場所に到達したきりえの目に、見覚えのある〝俺思〟ヒロインのイラストが目に入る。前にホームページで見たのと同じイラストを、このサークルはポスターとして客引きに利用しているようだ。なるほど、わかりやすい。

「やっぱりすごいなあ……この絵」

こうして改めて見ると、周りのサークルの絵よりも格段に上手いような気がする。特にヒロインの蠱惑《こわく》的な表情に関して言えば、ある意味原作のアニメよりもクオリティが高いかもしれない。

「なんかすっごい人気」

サークルの人気を裏付けるように、スペース前からは長蛇の列が延々と続いていた。列はスペース前の空間を何度か蛇行した挙げ句に、ホールの外側まで伸びている。展示場外の駐車場まで、途切れることなく行列が続いていたのだ。その光景を見ただけで気が遠くなりそうなくらいである。

「てことは……うう……。また並ぶのか」

うんざり感は否《いな》めなかった。だいたい今日は、展示場に入る前から行列に並んでばかりな気がする。千葉のネズミ王国だって、いくらなんでもここまでお客を列に並ばせないだろう。

列の一番後ろで「『A・L・X』最後尾」のプラカードを掲げている男性が見える。その有様もひどい。直射日光の真下でダラダラと汗をかいていた。暑さのあまり、目が死んでいる。

あれが数分後の自分だと思うと、さすがに気持ちが萎《な》えてくるのを感じてしまう。

「でもここまで来たら、やるしかない……！」

とにかく、ここで悩んでいても仕方がないだろう。とりあえずきりえは列に沿って、外の駐車場に向かってみることにした。日差しが完全にこちらを殺しにきている。

「師匠のために……！」

きりえは男性からプラカードを受け取り、列の後ろにくっつく。あとどのくらい待たされるのか。未知数であるがゆえに、精神的疲労も甚《はなは》だしい。

暑い。辛い。キツイ。

その三つの単語を、心の中で何度反芻《はんすう》したことだろう。一冊の本を得るという行為がここまでキツイものだとは思わなかった。

一分が無限にも感じられる苦行。

こんな状況でも黙々と列に並んでいられる周囲の参加者たちが、きりえには修験者《しゅげんじゃ》か何かの集団に思えてならなかった。同人誌への欲望とは、かくもひとを悟りに至らしめるものなのか。

――あうう……師匠……！　私にも頑張る力をくださいっ……！

きりえの脳内で、ハムスターのフードを被った女の子がにこりと微笑んだ。

『きりえちゃん大好き！』『きりえちゃんは、最高の友達だね！』

ああ。可愛い。可愛すぎる。あのほっぺたを、思うさまぷにぷに触りたい……！

きりえの胸に、きゅん、と情熱が生まれる。

あの師匠を、もっと喜ばせてあげられるのなら。

お中元を贈ることで、満足させてあげられるのなら。

こんな苦行くらい、私は余裕で乗り越えてみせる――。きりえの精神を支えるのは、もはやその一念のみだった。

そうやって自分を鼓舞しつつ、どのくらいの時間が流れただろうか。

「お待たせしました、次の方ー」

ついに、きりえの前の男性の番になった。彼はガマ口財布を片手に握り、喜び勇《いさ》んでサークルのテーブルへと向かっていく。歩調が心なしかスキップ気味になっていたが、その気持ちも今ならよくわかる。炎天下で何十分も並ばされたのだ。解放感に浸るなというほうが無理だろう。

――おお……師匠！　やっと私、ここまで来れましたよ！

次がきりえの番だ。大混雑の電車、二度にも及ぶ炎天下の行列……長く、苦しい戦いの連続だった。やり遂げた自分を褒《ほ》めてやりたい気分である。

きりえは幾分ほっとした気持ちで、持参した巾着から財布を取り出す。もうすぐ苦労は報われる。きっと今日の辛い経験も、いつの日か笑い話になることだろう。

しかし。

今思えば、この油断がよくなかったのかもしれない。最悪の展開というものは、いつでも狙い澄ましたようにこんなタイミングで襲ってくるものなのだから。

そう。次の瞬間。きりえが耳にしたのは、信じられないような言葉だったのである。


「完売でーす！　すみません、〝俺思〟本の新刊、完売でーす！」


『A・L・X』スペースのテーブルで、売り子の男性がそんな言葉を口にしていた。

「カン……バイ？」

きりえには一瞬、その単語の意味を上手く理解することができなかった。いや、理解したくなかったと言ったほうが正しいだろうか。

忍耐に忍耐を重ねてひたすら待ち続けていたのに、まさか自分の目の前で目当ての本が売り切れてしまうなんて……誰がこの悲劇を予想できただろうか。

「あーあ」「まあ、この人気じゃしょうがないか」「五百部限定だったし」

後ろに並んでいた行列が、三々五々、仕方がなさそうな表情で散っていく。

しかしきりえに至っては、衝撃のあまりその場を動くこともできなかった。自分の運のなさに、心から打ちのめされてしまったのである。

四肢《しし》から力が抜け、ぺたん、とホールの床に座りこんでしまう。

「そんな……今日の苦労の数々はいったい……」

アハハ、と唇から乾いた笑いが漏《も》れる。もはや笑うしかないという心境だった。

そんな哀れな姿が目に留まったのだろうか、サークルの売り子が「おや？」ときりえに視線を向けた。

「どこかで見た顔だと思えば……ツントゲガールじゃありませんか」

聞き覚えのある飄々《ひょうひょう》とした声に、きりえは「へ？」と顔を上げる。

「奇遇ですね。こんなところで何しているんです？」

サークル『A・L・X』のテーブルに座っていた売り子さん。

それは、以前こまる師匠の家で知り合った、ちょっと変わった年上の男性——アレックスだったのだ。

※

なんでよりによってこのひとと、こんな場所で顔を合わせる羽目になってしまったのか。

そもそもどうして彼は、ここで売り子なんかをしているのか。

というか、そのツントゲガールとかいう変な呼び方はいい加減何とかならないのか——。

「あ、あのっ……」

聞きたいことは山ほどあったのだが、それらを冷静に順序立てて質問できるほど、きりえは話し上手な人間ではない。そのうえ相手は年上の男性、しかも、性格的に苦手な人物だったりするのだ。そりゃあ人見知りスキルも発動してしまうというものである。

「えと……その、あの」

きりえが口ごもっているうちに、アレックスが、ふっと目を細めた。

「いえ、こんな場所で何をしているだなんて、愚問でしたね」

「愚問？」

「なにせ、あなたも先生同様、僕が認める剛《ごう》の者。二次元をこよなく愛する者同士が、夏コミ会場で出会うというのは不思議なことではありませんからね。……そう、あたかも、スタンド能力者が惹かれ合うように」

さっぱりわからないことを言うひとだった。

もちろんきりえは、取り立てて二次元を愛しているわけでもない。しかしこのアレックスという人物は、どういうわけか、きりえのことを同好の士だと誤解している節《ふし》があったりするのだ。

「そ、それで、あなたはなぜこんなところで売り子を……？」

苦労して床から立ち上がり、ようやくきりえは喉の奥からその言葉を絞り出した。

テーブルの上の本の類をとんとん、と片づけながら、アレックスが答える。

「なぜってそりゃあ、僕が『A・L・X』の代表だからですよ」

「は……？　代表？」

首を傾げる。彼の口から発せられたのは、きりえが想像だにしない一言だったからだ。

「そうですよ。このサークルも、この同人誌も、ホームページも後ろのポスターも……全部僕がひとりで作っています」

アレックスが手渡してきたのは、ビニールカバーのついた本だ。

表紙には大きく「見本」のシールが貼られている。それは、きりえが先ほど、ギリギリ買えなかった〝俺思〟限定同人誌のようだ。

「ぜ、全部……？　これ、ひとりで全部描いてるんですか」

渡された見本をパラパラとめくる。どうやら手作りの漫画らしい。百ページ近くはある。

色気たっぷりだった広告に比して、中身はかなり硬派で迫力のある内容のようだ。表紙のキャラ集合絵からして迫力満点である。

中身にざっと目を通しながら、きりえは息を呑《の》む。

「プ、プロ並みじゃないですか……！」

たとえば主人公と対峙《たいじ》する異形の怪物だ。描きこまれている線がものすごい。大きな角も浅黒い皮膚も、細かなところまで精緻《せいち》に描かれ、その醜悪さを十二分に表現している。見開きページで繰り出されるヒロインの必殺技も、実にカッコいい。アニメの雰囲気を損なわない派手な構図と、凛々《りり》しくも可愛らしい少女の表情。アニメを観ていたときに師匠が口にしていた「燃えと萌えの両立」とは、このことなのか。読んでいて爽快《そうかい》感を覚えるほどだった。

アニメや漫画の知識に疎《うと》いきりえですら、描き手の技量の高さが窺《うかが》える本だった。これを漫画好きな師匠に見せたら、喜んでくれることは間違いない。改めて、この本をゲットできなかったことを悔しく思ってしまう自分がいた。

「いいえ、僕なんかまだまだですよ。趣味の範囲です」

困ったように眉尻を下げ、アレックスが苦笑する。

謙遜《けんそん》などではなく、本気でそう思っていそうな表情だった。

このひとは確か、師匠のお兄さんの同僚――つまり普通の社会人だったはずである。なぜこれだけ上手な漫画を描けるひとが、一般企業の社員として働いているのか。世の中、わからないことだらけである。

「まあ、ツントゲガールに褒められるのは、悪い気はしませんけどね」

「ひとは見かけによらないものだと思いました……」

感嘆のため息を漏らす。掛け値なしに驚くべき才能だった。

たとえ普段は性格的に苦手な相手であっても、ここまでのものを見せつけられれば、素直に賞賛せざるを得ない。

きりえから本を受け取りながら、アレックスが「もしかして」と呟いた。

「あなたも、この新刊を買いに来てくれたんですか」

「ま、まあ……そうです」

気恥ずかしくなって、きりえは彼から視線を外した。なんだか熱烈なファンだと思われるのも、それはそれでシャクな気がしたのだ。

「で、でも！　あの、私個人が欲しいというわけではなくてですね。ちょっとその、事情があって……」

しかし当のアレックスは、そんな言い訳めいた言葉も特に気にした様子はなかった。

「なんであれ、どうもありがとうございます」と爽《さわ》やかに微笑むだけであった。

「しかし、売り切れてしまったのは残念でした」

「はあ……」

目の前で売り切れたのだ。残念どころの話ではない。

「他ならぬツントゲガールの頼みですし……事前に連絡してくだされば、取り置きくらいはしておいたのに」

　まあ、それも今更の話だ。前にホームページを見たときにはまさか、サークル主宰者の正体が、このアレックスだとは夢にも思っていなかったのである。それは仕方がないことだろう。

「残ったのはこの見本誌一冊。個人的にはぜひこれを差し上げたいところなんですが——」

　アレックスの言葉に、きりえは「貰《もら》えるんですか？」と目を輝かせる。棚からぼた餅展開だ。貰えるなら、ぜひ貰いたい。師匠のために。

　だが、アレックスの表情は硬かった。

「さすがに限定本の残り一冊ですからね……。個人的なよしみでポンと知り合いに差し上げてしまったのでは、買えなかった他のファンの皆さんにも申し訳が立ちませんし」

「そ、そうですね……」

　確かに、言われてみればその通りだった。

　さきほど完売が告げられた瞬間、肩を落としていたのは何もきりえだけではない。他のお客さんたちも同じである。こういうイベントだって客商売なのだ。きりえだけを特別扱いするわけにもいかないのだろう。

「ですが」アレックスが、きりえに流し目を向ける。「単なる知り合いに……ではなく、サークル関係者に差し上げるという体裁なら、さほど角が立つこともないでしょうね」

「え？」

どういう意味なのだろう。

首をひねるきりえに、アレックスが滔々《とうとう》と告げた。

「つまり、新刊見本を差し上げる代わりに、ここで僕の手伝いをしてほしいということですよ」

「手伝いって……」

「なにも難しいことじゃありません。このテーブルで僕と一緒に、お客さんに本を頒布《はんぷ》するだけですよ。つまり売り子をやってほしいというわけですね」

「売り子って、わ、私がですか」

アレックスの意外な申し出に、きりえは目を丸くする。

「こうしてひとりで売り子をやるというのも、何かと大変なんです。なんたって、お客さんが途切れない限り、ろくに休憩も取れないわけですから」

「はあ……そ、そうなんですか」

「普段のイベントは知り合いにお手伝いをしてもらっていたのですが、今日は都合が悪いらしくて——。午前中から困り果てていたんですよ。で、そこにツントゲガールが来てくれた。これはもう、運命を感じざるを得ませんよね」

「そ、そんな大げさな……」

「そうでもありませんよ。あなたの目的も果たせるし、僕も助かる。これは天命でしょう」

アレックスが、頬を柔らかく緩める。

「新刊は無事完売に至りましたが、既刊の配布はまだまだこれから、というところですから。イベント閉会まで残り三時間……ここはぜひ、お手伝いいただけるとありがたいところです」

これは、千載一遇《せんざいいちぐう》のチャンスかもしれない。そりゃあ確かにきりえは同人誌の売り子の経験など皆無だ。それどころか、まともな接客だってやったことはない。

しかし、今回はあくまでただのお手伝いなのだ。人見知りの自分でも、やってやれないことはないだろう。この本場切絵、人前に立つのは苦手でも、サポートに徹するのは割と得意だったりするのだ。

そうだ。ここはやるしかない。

ひいては限定本ゲットのために。師匠の恩に報いるために。

「や、やります……！　ぜひっ！」

きりえがペコリと頭を下げると、アレックスは嬉しそうに微笑んだ。

「あなたならきっと、そう言ってくれると思っていましたよ」

「そ、それで。手伝いって具体的には何を」

「そうですね。まずは——」

アレックスは席から立ち上がり、背後の壁際に積んであった段ボール箱に目を向ける。そのうちのひとつの蓋《ふた》を開け、なにやらごそごそと取り出したのは……なんということもない、無地の紙袋だった。

「中に売り子用のユニフォームが入っていますので、これに着替えてもらえますか」

「え？　着替える？」

思ってもみない指示だったので、きりえは少し面食らってしまう。

コンビニとかファミレスとか、そういうお店の店員なら確かにユニフォームも必要だろう。しかしここはイベント会場。勝手はよくわからないが、少なくとも周りのサークルにユニフォーム着用の売り子はいない。どうして売り子にユニフォームが必要なのか、まるで理解できなかった。

だいたいこのアレックス自身も、シャツの上にベストを着ているだけなのだ。ユニフォームどころか、ただの普段着スタイルである。なにかが腑《ふ》に落ちなかった。

「どうして私だけ……？」

きりえが眉をひそめていると、アレックスに「まあまあ」と紙袋を押しつけられてしまう。

「実際着てもらえればわかりますから」

「はあ……」

「更衣室は、コスプレ参加者用のものを使うといいでしょう。ホールを出て、階段を上った先にありますから」

てきぱきと指示されてしまい、きりえはそれ以上疑問を呈《てい》することができなかった。とにかくこのひとの頼みを聞いておけば、目的のブツは手に入る――そんな楽観的な思いがあったのも一因だったかもしれない。

せめてこのとき、もう少しこのひとの笑顔を疑ってさえいれば。

夏コミが全て終わったあとに後悔したところで、それは文字通りに「あとの祭り」だったのである。

※

「ちょっと、こ、これ……！　この衣装！　どういうことですか!?」

数分後。更衣室から戻ってきたきりえは、憤然《ふんぜん》とアレックスに食ってかかっていた。テーブルの上に、どん、と両手を叩きつけ、怒りの形相を向ける。思いきり。

「こんなのがユニフォームだなんて、聞いてないんですけどっ……！」

先ほどからきりえは、周囲の視線が痛いほど自分に突き刺さるのを感じていた。

そうなのだ。いくらなんでも、この衣装は人目を引きすぎる。

基本は黒のハイレグ水着だ。

これがかなりの食いこみ具合で、お尻や太ももが思いきり露出してしまっている。胸元だってかなり心許《もと》ない。それだけでもかなり勇気がいるデザインだというのに、お腹《なか》の部分がくり抜かれたように大きく開いていたりするのは、もう何かの冗談だとしか思えない。かなり変態ちっくなヘソ出しスタイルである。

アクセサリー類も無駄に充実していた。バンドで頭に固定しているのは、ぴんと上向きに尖ったブラックな悪魔角。肩口の大きな星マークはタトゥーシールだ。手甲とブーツの装飾もやたらとゴテゴテしていて、目立つことこの上なかった。

全体に漂う悪のセクシー女幹部オーラ。知る人ぞ知る、ブラック・デスデビル様コスチュームであった。

「うおっ……すげえ」「痴女？」「えろい……」「ＢＤＤ様じゃん！　完成度すげえ！」「さすがコミケ……このレベルのコスを拝めるとは」

さっきから通り過ぎる来場者たちが、きりえを二度見していくのがわかる。

元ネタを知る者だろうが知らない者だろうが、問答無用で視線を引きつけまくるのだ。恐るべき視線吸引力である。それを着せられているきりえなどは、恥ずかしすぎて憤死《ふんし》しそうなレベルであった。

こんなエロス満点な衣装をきりえに着せた張本人——アレックスは、羞恥《しゅうち》に頰を染めるきりえを見ながら、満足がいったようにうんうんと頷《うなず》いていた。

「いやいや、なかなかどうして。とてもよくお似合いですよ。ブラック・デスデビル様」

「こんなの褒められても、ちっとも嬉しくないです……！」

「あははは。こんなこともあろうかと、Sサイズの衣装も準備しておいて正解でした」

きりえは、ぎろり、と諸悪の根元を睨《にら》みつける。

なんだってまた、こんな衣装を着る羽目になってしまったのか。

そもそもこのブラック・デスデビル様とかいうキャラクターには、実はあまりいい思い出がないのだ。

奇《く》しくも以前、当のアレックスから貰ったフィギュアが、このブラック・デスデビル様（イベント限定ダメージVer.）だった。今着ている衣装と遜色《そんしょく》ないレベルの卑猥さで、いまだに家の中の置き場に困っている一品である。

なんとか部屋の押入れに隠してはいるものの、あれが家族にバレたら切腹ものだろう。特に兄にバレるわけにはいかない。もしもバレたら、ヤツを殺して私も死ぬ――きりえはそう心に決めているほどだった。

そんないわくつきのキャラの衣装に、まさかこうして自ら袖を通すことになるだなんて。人生とはままならないものである。

――ううう。師匠のためじゃなければ、絶対にこんな衣装着たりしなかった……！

新刊
あります!
M29a
新刊500円

胸元とおへその辺りを腕で隠しつつ、きりえはアレックスを睨みつける。

「そ、それにしても、なんで私がこんな格好を……？」

「もちろん客引きのためです。その格好をしていただければ、周りにわかりやすいと思ったもので」

「わかりやすい？」

「今回売ろうと思っていた既刊本がブラック・デスデビル様——通称ＢＤＤ様の本でしたからね」

そう言って、彼はテーブルの上の見本誌を一冊指し示した。

その薄い本の表紙には、今のきりえと同じ格好をした女の子が、上目遣《づか》いで物欲しげな表情をしているイラストが描かれている。前に貰ったフィギュア同様、すごくむっちむち。全体的にピンクな雰囲気の本だった。

先ほどの〝俺思〟本とは明らかにテイストが違う。きりえの本能が「これは絶対開いちゃダメなヤツ」だと高らかに警鐘《けいしょう》を打ち鳴らしていた。

「あのこれ……私とはかなり……似ても似つかないキャラだと思うのですが」

原作でこのキャラクターがどんな性格をしているのかはわからない。だが、少なくともビジュアル面においてはまるで違うとだけは断言できるだろう。残念ながら自分は、あんなアホみたいにセクシーな巨乳は持ちあわせていないのだ。

「わ、私がこの格好で客引きなんてできるとは、とても――」

「いえいえ。コスプレの世界、似ている似ていないはさほど問題じゃありませんよ。要は心意気の問題です」

「はあ……心意気」

胡乱《うろん》な単語の登場だった。

その心意気とやらさえあれば、ちんちくりんの自分でもブラック・デスデビル様になりきれると言いたいのだろうか。ナンセンスな話である。

「い、意味がわかりません」

そもそもきりえは、コスプレエリアで賞賛を浴びるような少女たちとは精神構造からして異なるのだ。衣装を着ただけでもう精一杯。あのプリキュラの子みたいに、ハイテンションで愛想を振りまくことまで期待されては困る。

「そんなに構える必要はありませんよ」アレックスが続ける。「目玉だった新刊はもう売り切れましたし、あとは既刊本だけですから。列を捌《さば》く必要もありません。あなたはマイペースに、そのコスチュームで道行くファンを悩殺していただくだけでいいんです」

「の、悩殺って」

そんなことができるとは到底思えないんですけど――と、きりえが頭を悩ませていると、背後から「すみません」と声をかけられる。

どうやら、さっそくお客様が来たようだ。

「こちらのＢＤＤ様本、一部くださーい」

「え、あっ……は、はい」

慌ててお客さんのほうを振り向く。

衣装への不満は拭いきれるものではなかったが、いったん仕事を引き受けてしまった以上はやるしかない。師匠のためにも、ここは恥を捨て去って客引きを頑張らねば。

「い、いらっしゃいませ」

ぎこちなくも、なんとか頑張って笑顔を作る。

相手の男性は初対面、こちらは痴女衣装。考えうる限り最悪の対人コンディションであり、それゆえ緊張は並大抵のものではなかったが、かろうじてなんとか笑えた……と思う。

引きつり笑いを浮かべるきりえを見て、お客さんは「あれ？」と目を丸くしていた。

「キミ、さっきの浴衣の子でしょ。衣装替えしたんスか」

「あー……」

やってきたお客さんは、大きなカメラを首から提げた男性だった。きりえは先ほど、コスプレエリアでこの人物から声をかけられたことを思い出す。

お客さんはニコニコと人懐っこい笑みを浮かべ、サムズアップ。

「ＢＤＤ様の衣装、気合い入ってるっスね……。すっごくいいと思うっス」

「あ、その、ど、どうも」

「あの、記念に一枚いいっスか？」

再びカメラを向けられてしまい、きりえは狼狽《うろた》える。

浴衣のときはいざ知らず、こんな黒ハイレグ水着を着ながら「コスプレイヤーじゃありません」と言っても説得力がないだろう。コスプレじゃなきゃなんなの、という話だ。

間違っても、普段着でこんなの着ている痛い子とは思われたくはない。

「えー、えと、写真はちょっと」

さりとて、今のこの姿が写真に残されてしまうというのも大問題だった。

もし、このあられもない痴態がネットで拡散でもされてしまったらどうしよう。ネットは恐ろしい世界だと聞く。こんな格好をしていても、すぐにきりえだと特定されてしまうだろう。そしてもし、それをクラスの子たち——特にうまるさんにでも見られたりしたら——軽く十五回は死ねる自信があった。

「ダメっスかね？　一枚だけでいいんスけど」

「さ、さすがにその——」

ちら、とアレックスに視線を送り、助けを求める。

今のきりえはこのサークルの売り子の立場だ。主宰者である彼が一言、「撮影禁止」とさえ言ってくれれば、窮地を逃れることができる。

アレックスだって、会社勤めの立派な社会人である。きりえは、彼がうまく空気を読んでくれることを期待したのだが。

「写真ですか？　かまいませんよ。撮影エリアのほうへどうぞ」

ことくもあろうにこの男、にこやかな笑みで了承してしまったのである。

「んなっ⁉」

「いいじゃありませんかツントゲガール。僕の描いたＢＤＤ様本と、あなたのコスプレを評価しようとしてくれるひとがいる。あなたも表現者である以上、その気持ちには真摯《しんし》に応《こた》えるべきでは？」

「ひょ、表現者になった覚えはないんですけど⁉」

慌てて、きりえはアレックスを睨みつけた。

「っていうか、写真がネットにアップされたり、顔バレしたりするのはさすがにちょっと……！　友達とか家族にこんな格好見られたら、なんて言われるか」

「きっと周りの皆さんも素敵だと言ってくれると思いますが……。まあ、あなたの心配もわからなくはありませんね」

アレックスは席から立ち上がり、再び背後の段ボール箱をごそごそと漁《あさ》りはじめる。取り出したのは、手のひらサイズのサングラスだった。

「それなら、これをつけて撮影するというのはどうでしょうか」

「えと、これを……？」

変な形のサングラスだ。ふたつのレンズの部分がハート形になった、少し間抜けなデザインのサングラスである。この衣装ほどではないにせよ、ちょっとつけるのに躊躇《ちゅうちょ》する見た目だった。

サングラスを見たカメラのお客さんが、「あ、それは」と声を上げた。

「七話の潜入シーンでＢＤＤ様が使ったヤツっスね。再現度高いなあ」

どうやら原作ゆかりのアイテムだったらしい。

まあ、仕方ない。このサングラスなら、最低限顔バレすることだけは防げるだろう。

とりあえずきりえは、渡されたそれを掛けてみることにする。

変態ハイレグ水着にハート形サングラス……第三者から見れば相当おかしな格好だろうが、あえてそれは深く考えないことにした。きっと虚《むな》しくなってしまうだろうから。

「話は決まりましたね。さあ、遠慮なく撮影をどうぞ」

にこり、とアレックスが微笑んだ。

今の彼は、きりえにとってはいわば雇い主も同然。限定同人誌という報酬をゲットするためには、おいそれと逆らうわけにはいかないのだった。

幸か不幸か、撮影エリアはサークルのスペースのすぐ横に設けられている。なので写真を撮られている間も、彼の生暖かい視線からは逃れることはできないのだった。

「ほらほら、ＢＤＤ様。ポーズポーズ」

「くっ……ど、どうぞ」

アレックスに急かされ、きりえは「ままよ」とばかりにポーズを取ってみる。

とりあえずは見よう見まね。コスプレエリアで例のプリキュラ少女がやっていたように、前傾姿勢でしなを作ってみたのだ。

「おおう、素敵ッス……！」

お客さんが、パシャリと興奮気味にシャッターを切る。

真正面から顔のアップを撮られてしまい、きりえは赤面してしまった。コスプレイヤーとは、かくも恥ずかしいものだったのか。

「表情硬いなあ……まあ、これはこれでフレッシュさを感じられるっちゃ感じられるッスけど」

「も、文句は言わないでください」

満足したのか、男性客は既刊本を手に笑顔で去っていく。

本一冊売るだけでここまで神経をすり減らさなければならないなんて……正直、売り子を引き受けてしまったのは軽率だったのかもしれない。

今思えば、別に他の手段でもよかったのだ。例えばそう——運良く限定本を買えたひとと交渉して、なんとか譲ってもらうとか。

なのに、どうしてわざわざ自分は、あえてこんな修羅の道を選んでしまったのだろうか。

暑さのあまり、正常な判断力を欠いていたとしか思えない。

あまりの自分の馬鹿さ加減に、きりえは頭を抱える。

「……何やってるんだろう、私……」

そんなふうに落ちこむきりえとは対照的に、アレックスは平然と澄まし顔をしていた。

「さっきのひとには結構気に入っていただけたみたいでしたね。コスプレイヤーの才能あるんじゃないですか」

その屈託ない笑顔を無性に殴りつけたくなったのは、なにも暑さのせいだけではないだろう。


それから、どのくらいの好奇の視線に晒《さら》されたことか。

最初のお客さんのように、写真撮影を頼んでくる者。これはまだいい。

「そのコスプレの元ネタ何なんですか」と質問してくる相手は面倒くさかった。だって、着ている本人ですらよくわかっていないのだから。

中には、断りもなく勝手にスマホのカメラを向けたり、斜め下の角度から盗撮を図ったりする者もいて、気が休まらなかった。常時目を光らせておかなければならないというのも結構キツイものだ。

「はあ……コスプレって大変なんだな」

ハート形サングラスをはずし、ペットボトルのお茶で喉を潤す。緊張しすぎたせいか、やたらと喉が渇くのだ。

やはり自分には、この世界は向いていない。アレックスの言う〝コスプレの心意気〟とやらを理解する前に、他人の視線に慣れることからしてすでに至難の業なのだ。

「なあに、すぐに慣れますよ」

とは、当のアレックスの言《げん》である。無責任極まりない台詞《セリフ》だった。

「いや慣れませんけど……ていうかそもそも、この格好には慣れたくもありませんけど」

「そうですか？」

壁際に並んだ在庫の山から本を補充しながら、アレックスが頬を緩めた。

「ＢＤＤ様コス好評じゃありませんか。おかげで着々と既刊本も捌けていますし、ある程度は自信を持っていいと思いますよ」

「……お役に立てているなら、光栄ですけどね」

言葉とは裏腹に、まったく嬉しくなかった。

きっと今日一日の出来事は、忌《い》まわしい記憶として生涯脳裏に刻まれることだろう。それが避けられない以上、もうあとは無心で業務をこなすしかない。心理的ダメージコントロールというやつだ。明鏡止水《めいきょうしすい》の境地に至れば、この破廉恥《はれんち》コスチュームも気にならなくなるはずだった。

「集中だ、集中。いっそもう、売り子に徹するだけの機械になってやる……」

そんなふうにブツブツ呟きながら、きりえは精神統一を図ろうと画策する。

しかし、そうは問屋が卸《おろ》さなかった。

視界の隅《すみ》に、きりえの集中力を根本から揺るがすような存在が映ったのである。

「――ぶふわぁっ⁉」

そいつの姿を認めた瞬間、きりえはお茶を噴き出してしまっていた。

自分よりも頭二つ分は大きな、無駄にガタイのいい上背。締まらない顔に似合わないアゴ髭《ひげ》。そして何より特徴的な、清潔感とは程遠いモジャモジャ頭。

Tシャツには『人類愛』とか意味不明な文字が大きく書いてある。センス皆無のその男は、なんと、きりえの実の兄、本場猛《もとばたけし》であった。

――な……なんでアレがこの会場に……⁉

兄の隣には、眼鏡をかけた知的な男性の姿もあった。こまる師匠のお兄さんだ。

仲の良い友人同士、ふらっと遊びに来た……というわけではないだろう。うちのバカ兄にしろ師匠のお兄さんにしろ、こんな場所に来るような趣味の持ち主ではない。

「と、とにかくバレたらマズイっ！」

きりえの判断は早かった。兄の姿を視認するや、瞬時に先ほどのハート形サングラスを掛け直していたのである。この痴女コスを着ているのが自分だと、絶対に悟られるわけにはいかないのだった。特にヤツには。

「お。いたいた。おーい、アレックス！」

兄貴がアホ面を浮かべ、こちらに大きく手を振っている。

「なんか本売ってるんだって？　暇だから様子を見に来てやったぜ！」

「迷惑になるかもしれないからやめろ、とは一応忠告したんだけど……。ごめん、アレックスくん。止められなかった」

大股でこちらのテーブルにずんずん近づいてくる兄と、その後ろで当惑した表情をしている師匠のお兄さん。素の自分を知る人間がふたりもやってきたというのは、大変ピンチな状況だった。

「ああ、これはわざわざありがとうございます、先輩方」

ふたりの同僚に向け、アレックスが慇懃《いんぎん》に頭を下げる。

「しかしこんなところに来てよかったのですか。先輩方は確か、お盆返上で会社に詰める予定だと聞いていたのですが」

「あー、あれなー」兄貴が呟くように告げた。「世間がお盆休みなのに、俺らだけあくせく働いてるのもなんかバカらしいじゃん？　だから抜けてきたんだよ。タイヘイ誘って」

「俺を同類みたいに言うなよ。こっちの分の作業はもう終わってる。サボってるのは、ぼんばひとりだろ」

師匠のお兄さんの言葉に、兄が「そりゃそうか」と相好《そうごう》を崩した。

「ま、もし終わんなくてもタイヘイが手伝ってくれるだろうし、最終的には何とかなると思うぜ。〝ひとりはみんなのために、みんなはひとりのために〟って言うもんな」

どうしようもない発言をする社会人であった。自分がコレの妹なのかと思うと、きりえはなんだかやるせないものを感じてしまう。

「いやしかし、この夏コミっていうの？　なんかスゲエ祭りだよなあ。漫画のエロ本たくさん売ってるし、変わった格好してる連中も多いし……」

と、そこで兄は、「む」と、テーブルの手前に佇《たたず》むきりえの姿に目を向けた。

額に汗が浮かぶ。大丈夫。サングラスのパワーを信じろ。バレてはいないはずだ。

「……な、なな、何か？」

「あ。いや、妙に気合い入った服だなあ……と」

表情を強張《こわば》らせながら、兄が視線を逸《そ》らした。そういえばこの兄、知らない女の子の前では借りてきた猫のように大人しくなるのだった。こういうところで血は争えない。

「……ほ」

ともかく、正体はまだバレていないらしい。そのことに少しだけ安心して、きりえは胸を撫《な》で下ろした。サングラス万歳《ばんざい》だ。

きりえの姿を横目に、兄がアレックスに小声で耳打ちする。

「なあアレックス、この子お前の知り合いなの？」

「ええまあ、ちょっとした縁があってお手伝いいただいてるんですが」

「そうなのか。……いや、最近じゃ小学生も背伸びするもんなのな」

小学生？　何を言い始めたのだろうか、このアホ兄は。

きりえが首をひねる一方、兄はひそひそと続ける。

「すっげえきわどい衣装。こんな格好で人前に出てくるなんて、小っちゃいのに大した度胸だぜ」

兄の心ない暴言に、きりえは「あん？」と眉をひそめた。

「まあ、俺は好きだけどな。でも惜しむらくは、こんなエロ水着ならもっとボインのねーちゃんに着てほしかったってところだけど」

ハハハ、と兄貴は緩んだ笑みを浮かべる。

大きなお世話であった。というか『人類愛』と書かれた訳のわからないTシャツを着ている男に、着ているものの良し悪《あ》しを評価されたくはない。

横で聞いている師匠のお兄さんも、これには困惑顔である。

「おいバカ。聞こえてるって。いくらなんでも失礼だろ」

「うお、ヤベェ」アホ兄は慌てて口を閉ざし、きりえのほうに目を向ける。「え、えーと……俺が言いたかったのはその、キミだってもっと大きくなったら、ワンチャンあるぜってことだから！　うちの妹とは違って！」

「はあ？　妹？」

サングラスの奥から、ギロリときりえが睨みつける。

一瞬その迫力に気圧《けお》された雰囲気を見せつつも、兄はなんとか堪《こら》えたようだ。

「こ、この子怖《こえ》ぇ……」

「……それで、妹さんが何か」

声で悟られないよう、ぼそぼそと喋る。

もっともこのバカ兄貴は、まるで気づいていない様子だったが。

「いや、うちの妹なんてもう高校生だってのに、相変わらずメリハリのない幼児体型だからな。キミみたいな露出度高い衣装、恥ずかしくて着られねえんじゃないかな、と」

「よ、幼児体型……？」

目の前にいるのがその妹本人だと知らないとはいえ、よくもまあ散々言ってくれるではないか。まさか兄貴ごときにここまでディスられるとは思わなかった。

「その点キミはまだ小学生くらいだろ？　アイツとは違って、まだまだ未来がある……。今後の成長が楽しみだな！」

きりえには、もはや未来がないかのような言い草ではないか。

さすがのきりえも、ここまで徹底的にコケにされては腹の虫が収まらなかった。堪忍袋の緒はとっくの昔にブチ切れている。

一方アホ兄は、これで目の前の少女へのフォローが済んだとでも思ったのだろうか、スッキリした様子でこちらに背を向けた。

「そんじゃアレックス、俺らちょっとこの辺ひと回りしてくるわ。もっとボンキュッボン！　って感じのコスプレねーちゃん探してくるぜ」

アレックスは「そうですか。ご武運を」と同僚をにこやかに見送っていたが……今のきりえに同じことはできそうにない。というか、あの失礼千万な兄貴をこのまま無傷で帰す気はさらさらなかった。

「この恨み、晴らさでおくべきか……！」

テーブル脇のパイプ椅子に上り、目標を見定める。

狙うはあの、にっくき鳥の巣頭だ。

いきなり椅子の上で立ち上がったきりえを見て、アレックスも怪訝《けげん》に感じたのだろう。

「何してるんです？」

「止めないでください」

素《そ》っ気《け》なく返す。今のきりえを止められる者があるとすれば、親友のこまる師匠くらいのものだ。

両手を大きく広げ、跳躍の構えを取る。怒りとやるせなさと今日一日分のストレスを全て足にこめ、きりえは思いきりパイプ椅子から飛び上がった。

「でえええええええええいいっ！」

小柄なきりえの身体はそのまま一直線、アホ兄の後頭部を急襲する。

その飛距離はおよそ二メートル。強烈なドロップキックは、見事に目標に着弾したのであった。

「ぷげっりゅうっ⁉」

情けない悲鳴を上げ、モジャ毛はホールの床に崩れ落ちる。

そう。正義は果たされたのだ。

口から泡を吹いて伸びているアホ兄に、師匠のお兄さんが「大丈夫か、ぼんば⁉」と声をかけていたが、一向に目覚める気配はなかった。

「ったく、しょうがないな。見ず知らずの子を怒らせるようなこと言うから」

残念ながら親友のその声は、あのアホ兄には届いていないだろう。

無理もない。あれだけの怒りをこめた一撃だったのだ。数分は失神していることだろう。

「ふん。言いたい放題言った罰なんだから」

倒れた兄を見下ろし、きりえが吐き捨てる。なんだか胸がすっとする気分だった。

「おお……すげえ！　コスプレの女の子が、でっかい兄ちゃん倒しちゃったぞ！」

「え？」

ふと気づけば、背後からパチパチパチ……と拍手の音が聞こえてくる。

どうやら今のドロップキックが人目を引いてしまったらしい。道行く来場者たちが足を止め、背後にギャラリーを作っていたのだ。

「かっこいい！」「エロい！」「これ何かのショー？」「エロい！」「あのコスプレイヤーの子が、痴漢野郎を叩きのめしたらしいぞ！」「てか、ブラック・デスデビル様じゃん！」「やっぱエロい！」

急に多人数から賞賛の目を向けられ、きりえは羞恥に頬を染めてしまう。まるで体中の血が一気に沸騰するかのような恥ずかしさだった。

背後を振り向いてみれば、あのアレックスまでもが感動に身を震わせている。なんと彼はおもむろに席を立ち、スタンディングオベーションまで披露し始めたではないか。

「素晴らしい！　それこそがコスプレの心意気ですよ！」

「こ、心意気って……」

目の前で同僚を蹴り飛ばした小娘にその評価はどうかと思うのだが、このひとも大概アレなのだ。まともな対応を期待するだけ無駄だろう。

「今の必殺技は、原作十一話でＢＤＤ様が見せた『愛のお仕置きキック』ですね？　ポーズといい威力といい、申し分ない再現度でした。……ああ、録画機器を準備していなかったことだけが悔やまれます」

原作なんて知らないんですけど――とは言えなかった。

アレックスは興奮気味にきりえに近づくなり、突然ぎゅっとその手を握ったのである。

「ひっ⁉」

「さすがは僕の認めた好敵手。あなたならきっと、すぐにコスプレの神髄《しんずい》を理解してくれると思っていましたよ」

「い、いや……さっぱり意味がわからないんですけど……⁉」

「そんなことはないでしょう」アレックスが首を振る。「あなただってそろそろ気づきはじめているんじゃありませんか？　他人に褒められるのは楽しいって」

周囲からは、「ＢＤＤ様こっち向いてー！」「可愛いー！」と声が上がっている。驚くべきことに、男性だけではなく、中には女性による賞賛の声もあった。

「あなたの演じたブラック・デスデビル様に、こんなにも多くのひとが惚れこんでくれたんです。こんな経験、普段はなかなかできるものじゃないでしょう」

主にアホ兄貴のせいでロンリーな高校生活を送ってきたきりえにとって、確かにこういう体験は初めてだった。人の輪の中心でもて囃《はや》されるなんてことが、まさか自分の身に起きるとは。

赤面気味なのは相変わらずだったが、百パーセント悪い気分というわけでもなかった。

周りのみんなが見ているのは、本場切絵ではない。あくまでＢＤＤ様なのだ。恥ずかしい格好を晒しているのも、ダメ兄貴を成敗したのも、みんなにやたら褒められているのも、全部ＢＤＤ様。そう思えば、少しだけ気楽になれる気がする。

「あはは……」

きりえがギャラリーに向かって小さく手を振ると、「わあっ」と喜びの声が返ってくる。普段のきりえならハードルが高くてできないこんなことも、ＢＤＤ様の姿ならば容易《たやす》いものだった。

コスプレとはもしかすると、そういう心のスイッチを楽しむものなのかもしれない。

「これがコスプレの心意気……なのかはわからないですけど」

アレックスの瞳を見つめ、きりえが告げる。

「自分じゃない何かになるのは、新鮮な気分かも……」

「そうですよ。そういうことです」

アレックスが訳知り顔で頷いた。

※

自分の中で何かが吹っ切れたのか、その後の売り子業務はさほど辛いものではなかったような気がする。終盤ごろには露出度高めの衣装にも慣れてきたし、ぎこちなくではあったものの、撮影用のスマイルもこなせるようになってきた。

それが功を奏したのだろう。結果的にサークル『A・L・X』は、新刊だけではなく、既刊のBDD様本も全て売り切ってしまうという快挙を成し遂げたのだった。

そう。きりえはミッションを成功させ、ついに限定本を手にしたのである。

そんな激動の夏コミから数日後。

きりえは師匠、こまるの部屋を訪れていた。

クーラーの設定温度は、地球に厳しい十九度。イベント会場で灼熱地獄を体験してきたきりえにとっては、天国と思えるほどの心地よさである。ああ文明の利器って最高。

きりえの隣では、ハムスターのフードを被った女の子が、サークル『A・L・X』作の〝俺思〟同人誌を手にしていた。もちろん、きりえが数々の困難の末、ようやく手に入れた代物である。

「ふおおおおおおっ！　なにこれ、めっちゃ燃える！」

目を爛々と輝かせて、こまる師匠が読書に耽《ふけ》っている。かなり熱中しているところを見ると、どうやら、これをお中元としてプレゼントしたのは正解だったようだ。

「オリジナルとは思えぬ熱い展開！　ド迫力の戦闘シーン！　めっちゃカッコイイ必殺

夏コミが
すごい!
俺の妹がマッ
A.L.X
どう思う?

技！　いっそもう、これ公式でよくない⁉」

師匠が本から顔を上げ、にっこりと顔を綻《ほころ》ばせた。

「よくこんなスゴイ本見つけたよねー！　きりえちゃん、ありがとう！」

「あふう……師匠……！」

こまる師匠に手放しで褒められてしまい、きりえの心は歓喜に打ち震えていた。

そうだ。自分はこの笑顔を得るために頑張ってきたのである。入手の際に味わった苦労を顧《かえり》みれば、喜びもひとしおであった。両の目から、熱い涙がこぼれそうなほどである。

「師匠が喜んでくれるならこの私、たとえ火の中水の中、夏コミ会場の中までも！」

「あ、そだ。夏コミっていえばさ」

師匠が床に置かれたスマホを手繰《たぐ》り寄せ、何やら操作をしている。どうやらネットニュースのページを開いているらしい。

「なんか、すごいコスプレイヤーさんがいたみたいだね。露出度満点なブラック・デスデビル様の衣装を、恥ずかしげもなく着こなしてた女の子だとか――」

「おうふっ⁉」

師匠にスマホの画面を向けられ、きりえは思わずのけぞってしまう。

ネットニュースに掲載されていたのは、黒ハイレグを身にまとった、ハート形サングラスのコスプレイヤー――あの日のきりえに他ならなかったのである。

写真を撮られたのが終盤のノリノリタイムだったためか、自然とポーズも気合いが入ったものになってしまっている。画面の中のきりえは、まるで『A・L・X』の既刊本表紙をトレースしたかのごとく、なんとも物欲しげな表情で悩ましいポーズを取っていたのだ。

むっちむちでもないくせに。

「こ……これは……」

冷静になってみてわかった。

この絵面《えづら》は、あまりにもひどすぎる……！

師匠はある意味感心したかのように、画面を見て「いやあ」と唸《うな》る。

「ここまでやれちゃうってすごいよね。同じ歳《とし》くらいの子なのに」

「あはは……！　そ、そうですね！　ちょっとありえませんよね！」

「んーでも、この子、どっかで見たことあるんだよね。なんだろ。もしかして有名なコスプレイヤーさんなのかな」

きりえの心臓が、どきん、と高鳴る。

これはマズイ。師匠にだけはバレるわけにはいかないのだ。

きりえは師匠の手からひったくるようにスマホを奪い取ると、すぐさま画面を閉じてしまった。

師匠は「あっ」と驚いた表情を浮かべたが、あの日の秘密を守るためには仕方がない。

心の中で「すみません師匠！」と土下座をしながら、きりえは口元を歪《ゆが》めた。

「き、きっと他人のそら似ですよ！　私だって、別のコスプレイヤーさんを見たとき、何か既視感を感じたことありますもん！」

「そういうもんかなあ……」

「そうですって！　そ、それより師匠！　夏コミの話題はこのくらいにして、もっと有意義な遊びをしましょう！　た、たとえば〝俺思〟のブルーレイを全話マラソン視聴するとか！」

「むー……？　今日のきりえちゃん、なんか変……」

なんとか力技で誤魔化《ごまか》したものの、こまる師匠の疑惑は完全に消えることはなかった。

結局この夏、師匠との間で「夏コミ」「コスプレ」の話題が出るたびに、きりえは全力で話の方向転換を図らなければならない羽目に陥《おちい》ったのだが——それは別のお話である。

初心者が調子に乗ると、痛い目を見る。

夏コミにはやはり、夏の魔物が棲んでいたのだった。

# ゲーム実況者！ T・S・Fさん

それはいったい、誰が言い出した噂だったのか。

インターネットの片隅《かたすみ》に、謎の人気を誇るゲーム実況チャンネルがあるという。なんでもそれを運営するのは、非常に個性的で——ハイテンションな少女なのだそうだ。

「……はい！　今週もやってまいりました！　〝ゲームに愛されし電脳乙女〟こと橘《たちばな》・シルフィンフォードですわ！　生放送、『ゲームセンターT《ティー》・S《エス》・F《エフ》』のお時間ですっ！」

派手なオープニング音楽とともに、PCの画面上にタイトルロゴが表示される。

どこかで見たようなタイトルだったが、番組視聴者の中に野暮なツッコミをする者はいない。なにしろパーソナリティの少女には、それを許さぬほどの勢いがあったのだ。

「良作もクソゲーも全部ひっくるめて、あらゆるゲームに体当たりで挑戦！　この『ゲームセンターT・S・F』も、早いものでなんと、今日で通算五千回目の放送を迎えることになったのですわあっ！」

瞳をキラキラと輝かせて、少女がカメラの向こうに微笑みかける。

流れるようなロングの髪に、気品溢《あふ》れるカチューシャ。細身の身体《からだ》を包むのは、上品な白のブラウスだ。どこぞのお嬢様、といった雰囲気の装いである。

しかしそんな見た目でありながら、彼女はどこか懐《なつ》っこいのだ。

パチパチ楽しそうに手を叩く仕草は愛らしいし、胸元に光る「PLAZA　GAPCOM優勝」のバッジも、なんだか微笑ましい。

元気いっぱい、全力夢中のお姫さま。

それがこの番組の主、橘・シルフィンフォードなのである。

「ここまでこの放送が続けられたのも、応援してくれた皆さんのおかげですわ！」

カメラに向けて手を大きく広げ、シルフィンが破顔一笑する。

「というわけで今回は視聴者の皆さんのための特別版！　記念すべき五千回目の放送のために、特別ゲストをお呼びしました！」

シルフィンの手招きで、画面端からもうひとりの少女がフレームインする。

「……ど、ども」

赤パーカーに、キャスケットの少女だ。

帽子にはU《ユー》・M《エム》・R《アール》の缶バッジ。覆面姿の、かなり怪しげな変装娘だった。

もっとも、これはネット上の生放送番組なのだ。一般的に言えば、プライバシー保護のために顔出しを避けるのが普通である。むしろ変なのは、嬉々として素顔を晒《さら》しているメインパーソナリティのほうだろう。

覆面の少女は緊張気味なのか、やや引きつり気味の面持ちで口を開いた。

「……ていうか。さすがに放送五千回はおかしいよね。週いちペースの番組なら、百年近く放送してることになっちゃうような」

「あら、そういえば不思議ですわね！　さては『うちゅうの　ほうそくが　みだれた！』とかでしょうか⁉」

「いや、普通に盛ってるのバレバレだから……」

「まあ、多少は誇張もありますわね。こういう記念でもなければお友達を呼べませんでしたし……。とりあえず、その辺の事情は脇に置いておくことにしましょう！」

「脇に置いちゃうんだ。この番組、そういうノリなんだ」

「ともあれ、こちらが今日のゲスト〝赤い覆面の彗星《すいせい》〟ことU・M・Rさんですわあああ！」

どんどんぱふぱふ！　と、どこからともなく謎のSEが響く。

「そんな宇宙世紀めいた二つ名、名乗ったことないけど」覆面の少女は呆《あき》れ顔だ。「いや、それよりT・S・Fさんのテンションがいつにも増して高すぎて、私、若干ついていけてないんだけど……」

「大丈夫、すぐ慣れますわ！」司会がシュバーン！　とポーズを決める。「さて、視聴者の皆さん！　ここでマル秘情報公開ですわ！」

「マル秘情報？」

「実はU・M・Rさんと私《わたくし》は、プライベートでも親友だったりするのです！　ね、U・M・Rさん？」

相槌《あいづち》を求められ、覆面の少女が「あ、うん」と首を縦に振る。

「最初に会ったのが格ゲーの大会だったからね。それから仲良くなって、一緒に対戦とかするようになったんだっけ」

「そうなのです！　まさにゲームが繋《つな》ぐ友情の輪！　つまりこのU・M・Rさんも私《わたくし》に負けず劣らずのアルティメットゲーマーだということですわ！」

「ア、アルティメットゲーマー……？」

「ゲームの達人ということですわ！　要するにU・M・Rさんは、この『ゲームセンターT・S・F』の特別ゲストとして、申し分ない実力の持ち主だというわけです！」

「あはは、まあゲームは好きだけどさ」覆面少女が苦笑する。「ていうかT・S・Fさん。ネットでゲーム実況なんてやってたんだ。すごいね。ぜんぜん知らなかった」

U・M・Rに褒《ほ》められ、パーソナリティの少女は「はい！」と、満足げに目を細めた。

「とある課長さんがゲームに悪戦苦闘する番組に感銘を受けまして……。それで私《わたくし》も古今東西のゲームに挑戦したいと思い立ったのですわ！　せっかくだから生放送で！」

「ああ、確かにアレ見るといろいろゲームやりたくなっちゃうんだよね。それはわかる」

U・M・Rも「あれで何本懐ゲー買ったことか」としみじみ呟《つぶや》いている。

「というわけで、そんなU・M・Rさんに朗報ですわ！」

「ふむふむ。なんだろう」

「なんと今回の放送は、この私《わたくし》に代わって、U・M・Rさんにゲームをプレイしてもらおうと思っているのです！」

「えっ、私がプレイヤーなの？」

「そうですわ！　U・M・Rさんも、いろいろなゲームをやりこんでいるのでしょう？　今日はぜひ、そのお手並みを拝見したいと思いまして！」

シルフィンの言葉に一瞬考えたのち、覆面少女はすぐに顔を上げた。

「そう言われちゃ引き下がれないね」不敵な笑顔である。「言っとくけど私、こう見えても生半可な鬼畜ゲーじゃ心は折れないよ」

「ふふふ、自信たっぷりで頼もしいですわね！」

「伊達《だて》にゲーム浸りの生活はしてないからねー」

「そんなU・M・Rさんにプレイしていただこうと思っているゲームは、こちらですわ！」

じゃじゃーん！　というSEが響く。

ふたりの眼前に置かれたモニターに、とあるゲームのオープニング画像が表示された。

高校らしき校舎を背景に、セーラー服の少女が背を向けて佇《たたず》んでいる映像である。

覆面少女が眉をひそめた。

「ん？　このオープニングどっかで見たことあるような……」

「U・M・Rさんならご存知でもおかしくありませんわね」シルフィンが頰《ほお》を緩める。「今から遡《さかのぼ》ること二十数年前。ゲーム業界に燦然《さんぜん》と登場した、伝説の恋愛シミュレーションゲームがありましたわ。三年間の高校生活を通じて主人公のパラメータを高めつつ、とある樹の下でヒロインから告白されるのを目指すという……恋愛ゲームの金字塔！」

「あ、いわゆる――」

言い終わる前に、シルフィンが「そうです！」と手を叩く。

「それをリスペクトして自作した、オリジナル恋愛シミュレーションゲーム『ときめきシルフィンフォード学園』ですわっ！」

「え、自作したの⁉　すごい！」

シルフィンの言葉に、U・M・Rが目を丸くする。

「まあ、初心者ですし、ネット上のツールを駆使しても、作るのに結構な時間はかかりましたけどね」

「それでもすごいけどねー。ゲーム一本作っちゃうなんて」

「拙《つたな》い出来かもしれませんが、思い入れはありますわ！」とシルフィンが続ける。「さて、その『ときシル』ですが……。内容はいたって王道の、笑いあり涙ありの青春ストーリーですわ。原作同様に、女の子とのラブラブエンディングを目指すのが目標です！」

「はあ、なるほど。シンプルでいいね、そういうの」

「ですがもちろん、それだけでは面白くありませんしね。U・M・Rさんには今回、ゲーム中でも難易度最高レベルの女の子を攻略していただきます！」

しかしそんな物言いにも、U・M・Rは怯《ひる》まない。

むしろ挑戦的な眼差《まなざ》しを向けている。

「おおっと。そりゃあ望むところだね。このU・M・R、ギャルゲーにも腕に覚えありだもん。ヒロインだろうと先輩だろうと、どんなキャラでも落としちゃうよ」

「さすがはアルティメットゲーマーですわね！　ですが果たしてU・M・Rさんに、この史上最強の完璧ヒロイン――〝土間《どま》うまる〟が攻略できるのでしょうか⁉」

画面の中の3DCG少女が、くるりと振り向いた。

潤んだ大きな瞳に、亜麻《あま》色の長い髪。彼女は頬を桜色に染め、柔らかそうな唇を緩ませる。その優しげな微笑みは、ゲームのキャラとは思えないくらい可憐《かれん》で魅力的なものだった。『土間うまる』という少女を知っていれば、誰もが本人の生き写しだと思うに違いないだろう。このヒロインは、そのくらい精巧な出来のCGだったのである。

これには覆面少女も驚きのあまり「ぶっ⁉」と噴き出すレベルだった。

「ティ、T・S・Fさん⁉　こ、このキャラって――」

「私《わたくし》の学校でのライバル、うまるさんですわ！」シルフィンが口元を歪める。「彼女は私《わたくし》にとって、越えなければならないライバルなのです。学力、容姿、運動能力などなど、ぶっちぎりのトップクラス……。その有り様はまさしく恋愛ゲームの最難関ヒロインというところでしょう！　なので、勝手にモデルにさせていただきましたわ！」

「えっと……んで、この子を攻略するの……私が？」

U・M・Rの口調が、なぜか歯切れ悪い。画面のヒロインとシルフィンに交互に目を遣《や》りつつ、困ったように笑顔を引きつらせている。

「顔色が悪いですわよ、U・M・Rさん。もしかして、怖《お》じ気《け》づきました？」

「そ、そういうわけじゃないけど。あまりにも本人にそっくりすぎてビックリしてるというか……。もう着てる制服がブラウスかセーラー服かの違いしかないじゃん、これ」

「あら？　U・M・Rさんって、本物の土間うまるさんにお会いしたことあるんですの？」

シルフィンの言葉に、U・M・Rが慌てたように首を振る。

「い、いや、ないけど！　でもそこはほら、想像というか？　T・S・Fさんがいつも事細かに話してくれるから、もともと頭の中にイメージが出来上がっていたんだよ！」

「ああ、なるほど。そういうことでしたの」

覆面少女は何かを誤魔化《ごまか》すように「そうそう」と頷《うなず》く。U・M・Rにとっては幸運なことに、マイペースなシルフィンはそれを特に気に留める様子はないようだ。

「ではU・M・Rさん、こちらをどうぞ！」

シルフィンがコントローラーを手渡す。

「まずは、主人公アバターのエディットからやっていただきますわ！　見事うまるさんを攻略できるような、素敵な殿方を作ってくださいね！」

「……うう、複雑な気分だなあ」

※

U・M・Rがコントローラーを握り、主人公キャラを作成していく。

髪型、顔つき、体格など、いくつか用意されたパーツの中から選んで組み合わせ、オリジナルキャラクターを作る作業だ。個人製作のゲームにしてはずいぶん凝った機能である。

「あら、この主人公アバターの見た目――」

ふと、T・S・Fが画面を覗《のぞ》きこんでくる。

「ん。何か変？」

「いえ、こういうのもなんですけれど、ずいぶん地味な感じですわね。どこにでもいそうな素朴な眼鏡少年と言いますか……。えーと、名前は〝タイヘイ〟さん？」

「ええと、私のお兄ちゃん……的なひと。せっかくだからヒロインに合わせて、主人公も現実の人物をモデルにしてみたんだけど」

覆面少女の言葉に「そうなんですの」とさして興味なさげにシルフィンが頷く。

「まあ、ギャルゲーの主人公の存在感なんて、空気と同じくらいでちょうどいいと言いますもんね」

「空気って……。ははは。本人が聞いたら文句言いそうなセリフだなあ」

U・M・Rが苦笑する。

「ようし、出来上がりっと。だいぶお兄ちゃんらしくなったかな」

「OKですわ。さて、主人公も完成したところで、さっそくゲームを始めましょう！」

覆面少女がスタートボタンをプッシュすると、ポップなオープニングメロディが流れ始める。

U・M・Rが眉をひそめる。

「この歌もまさかT・S・Fさんが……？」

「U・M・Rさんに楽しんでもらうためですもの。多少の手間くらい惜しみませんわ」

「あはは。嬉しいやらツッコみたいやら……」

オープニングがつつがなく終了し、モニターにはゲームのメイン画面が表示される。

なにやらアパートの室内らしき背景の前に、先ほど作成した主人公〝タイヘイ〟が制服姿で佇んでいた。

「あ、お兄ちゃんがいる」

「言うまでもありませんが、ここからの行動が大事ですわ。主人公を勉学に勤《いそし》ませるもよし。スポーツに励《はげ》ませるもよし。うまるさんを攻略するために、最適な行動を取ってくださいな」

そうなのだ。まさにこの行動選択が、恋愛シミュレーションの醍醐味《だいごみ》である。

覆面少女はしばし「うーん」と考慮したものの、

「んじゃ、えーと……とりあえず学校に行こう。何はともあれ、まずヒロインと出会わないと、好感度も上がらないもんね」

行動『登校』をクリックする。

「あ、言い忘れてましたけれど」そこでシルフィンが口を開いた。「このゲーム、パラメータ管理が結構シビアですわよ。主人公の能力値が高くないと、できない行動が多々あるのですわ」

「了解了解、まあ、ある程度難しいくらいじゃないと張り合いがないよね――」

と、U・M・Rが呟いたその瞬間、画面内では異変が起こった。

登校のためアパートを出ようとした主人公〝タイヘイ〟が、なんと階段から足を踏み外し、道路へと転落してしまったのである。

「って、うわああああっ⁉　なにこれえっ⁉」

ボキリ、という痛々しい音が響き渡った。アスファルトに転落した主人公はそのうちピクリとも動かなくなり、画面が暗転する。

ややあって現れたのは、病院らしき白い建物と、ＧＡＭＥ《ゲーム》　ＯＶＥＲ《オーバー》の赤文字――。

あまりの意味不明さに、Ｕ・Ｍ・Ｒはごくりと息を呑《の》む。

「い、いきなりお兄ちゃんが病院送りに……。なんなのこの展開？」

「あー、体力不足ですわね」シルフィンが訳知り顔で頷いた。「体力のパラメータが低いとよく転んだり、腰くらいの段差から落下しただけでゲームオーバーになるのですわ」

「なんでまたそんな、どっかの洞窟《どうくつ》探検家レベルの体力設定に……。学校に行く体力すらない主人公なんて、斬新すぎるよ」

「そんなの決まってるじゃありませんか」シルフィンがシュバッと指を突きつける。「コアゲーマーのＵ・Ｍ・Ｒさんを楽しませるために、私《わたくし》はこうして、あえてハードなゲームデザインをしたのですわ！」

「そ、そうなの？」

彼女の言葉に、覆面少女はぐうの音も出せなかった。これが挑戦だとばかりに言われてしまっては、そりゃあ文句も言えないだろう。

「まさか、開始十秒でゲームオーバーになる難易度だとは思ってなかったけど……Ｔ・Ｓ・Ｆさんの言うこともわかる。こういう鬼畜設定もゲームの楽しさだもんね」

「もちろん、再プレイしますわよね？」

Ｕ・Ｍ・Ｒが「うん」と頷いた。ゲーマーを自称する以上、一度や二度の失敗でへこたれてはならないのである。

画面は再びアパートの部屋の中へ。最初からやり直しである。眼鏡の貧弱主人公は、初期状態のまま特に何をするでもなくその場に佇んでいた。

「よ、よし……。それじゃあお兄ちゃんには、しばらく『自室で筋トレ』してもらうことにしよう」

Ｕ・Ｍ・Ｒが行動『筋トレ』を選択すると、〝タイヘイ〟はその場でひたすら腕立て伏せを始めた。ゲーム内の日数経過とともに、画面上部の『体力』のパラメータがぐんぐん上昇していく。

「しかし、学校にも行かずにひたすら自室で修業する主人公って……シュールですわね」

「恋愛ゲームとは思えない絵面《えづら》だね」

そのままゲーム内時間で一週間は経過した頃だろうか。

ここまでやればさすがに大丈夫だよね——と、Ｕ・Ｍ・Ｒもパラメータ上げに満足する。ようやく出陣タイムだ。

「もうこの体力なら階段なんて余裕！　いっそ素手でヒグマとか倒せるくらいだよ！　さあ行け、お兄ちゃん！」

U・M・Rが『登校』を選択すると、画面の中の〝タイヘイ〟は玄関のドアを開け、問題の階段へと向かう。

しかし今回の足取りは、実に頼もしいものだった。一週間の間、鍛えに鍛えた肉体を唸《うな》らせ、確実に階段を下りていく。もう無様に転ぶ様子は見られない。

一歩、二歩、三歩……そしてついに——タイヘイは大地に立つ。

そう。彼はゲームスタート一週間目にして、ようやく地上へと到達したのだ。

「やりましたわね、U・M・Rさん!」

「いや、まだ外に出られただけでそんなに喜ばれても……」

苦笑いでシルフィンに返す。

画面の中の〝タイヘイ〟が、てくてくと学校へ向けて歩き出した。

「一週間も学校休んで階段下りるための修業してたなんて言ったら、周りに変な目で見られそう……。おかしなヤツだなんて思われたら、もうヒロインを攻略するどころじゃない気もするけど」

と、そんなことを呑気《のんき》に呟いていたU・M・Rだったのだが、

「は?」

画面の中で突如《とつじょ》発生した出来事に、完全に思考が停止してしまった。

いいいいい、犬に襲われている。

なんと〝タイヘイ〟が、恐ろしげな姿をした野犬の群れに襲撃を受けていたのである。

「へっ……⁉　えええっ⁉」

ヒグマを倒せるだなんて、ほんの冗談だった。多勢に無勢もいいところである。

〝タイヘイ〟は犬どもの動きにまったく対応できないまま、上半身にのしかかられ、なす術《すべ》もなく倒されてしまったのだ。

「ちょ、これって……⁉」

野犬の数は四頭だ。いずれもフシュルルと低い唸りを上げ、〝タイヘイ〟のふくらはぎや袖口に噛みついている。見ているだけで痛そうだった。

どの犬も目に生気がない。全身血みどろだ。内臓や肋骨《ろっこつ》が露出してしまっているものもいた。見るに堪えないグロいテクスチャである。

それら醜悪な犬の姿に、U・M・Rは見覚えがあった。あれは確か、生物災害をテーマにしたアクションアドベンチャーゲームでのことである。

「ああ、ゾンビ犬ですわね」シルフィンが残念そうに首を振った。「主人公は、ウィルスに罹患《りかん》したゾンビ犬の群れに襲われてしまったのです。ツイてませんでしたわね」

「え……？　なんで町中にゾンビ犬が？　ていうか、これ恋愛シミュレーションゲームだよね？　ホラーゲームじゃないよね？」

首を捻《ひね》る覆面少女に、T・S・Fがにこやかに言い放つ。

「何を呑気なことを。たとえ町中マップだろうと恋愛ゲームだろうと、死の罠はそこらじゅうにあるものですわ！　一流ゲーマーである以上、常に命への危機感は持っていませんと！」

「い、命の危機感って……ギャルゲーでそれを要求されるとは思わなかった！」

「本格的に学校へ向かう前に、ショットガンの一丁ぐらいは確保しておくべきだったかもしれませんわね」

「どこで⁉　てか、ゾンビ犬やらショットガンが出てくるって、どんだけ物騒なギャルゲーなのこれ⁉」

U・M・Rが眉間《みけん》に皺《しわ》を寄せる。

もはやこのゲーム、難易度ハードどころか、インフェルノを楽々超えた次元に位置するのではないか。恋愛ゲーでゾンビ犬に襲われるなんて、ただただ理不尽だ。

このように理不尽が極まるゲームを、ひとはこう呼称する。

――クソゲーだ。このゲーム、そこはかとなくクソゲーの気配がする……。

再び表示された病院送り画面《ゲームオーバー》を見ながら、覆面少女はため息をついた。

※

そしてU・M・Rの予感は当たっていた。

この『ときシル』の世界は、熟練ゲーマーですら予想しえない、あまりにも理不尽なゲームオーバーの数々で溢れていたのである。

「ちょ、ゾンビ犬を避けようと思って裏道歩いたら、いきなりお兄ちゃんが倒れたよ！」

「そのエリアは一ドット大の敵弾が後ろから飛んでくるのですわ！　しゃがんで避けてください！」

「今度は鉄アレイが空から降ってくる⁉」

「大丈夫！　だいたいちくわです！　鉄アレイは避けてください！」

「なんか変装マニアのスリに有り金全部取られたんだけど⁉」

「いっそ所持金マイナスのほうがいいですわ！　彼、借金返済してくれますから！」

「ぎゃあああ！　膝に矢を受けちゃった！」

「冒険者になるのは無理そうですわ！　いっそ衛兵に就職するのはどうでしょう⁉」

「ジャンプしたら空中の透明ブロックに妨害されて、崖下に転落したんだけど⁉」

「孔明《こうめい》の罠！　それは仕方がありませんわ！」

もう完全にプレイヤーを殺しにきているとしか思えないゲームだった。

このゲームを始めて、いったい主人公は何度病院送りになったことだろう。GAME OVERの文字を三十回近く見たあたりで、さすがのU・M・Rもウンザリしてしまって

いた。

学園が舞台のゲームのはずなのに、その学園にすらたどり着けない。あと何十回ゲームオーバーになれば、まともなギャルゲーをプレイできるのか。

T・S・Fさん、よくもまあここまで非道なデストラップをこんなに大量に思いつくなあ——と、いっそ感心するほどだった。憤《いきどお》りの段階などすでに通り越して、悟りに入っているというわけである。

「ふう……」

この生放送が開始されてから、五時間近く経過している。いくらなんでも、そろそろ引き上げ時だろう。視聴者だっていい加減飽きているはずだ。

「これ、さすがに無理じゃない？」

津波のように襲いくる巨大アリの群れにのみこまれ、またしても病院送り《ゲームオーバー》になったところで、覆面少女はコントローラーをそっと画面の前に置いた。

「ギブアップ、だなあ」

「U・M・Rさん？　どうしたんです？　まだゲームは序盤もいいところですわよ」

「いやあ、これは攻略不可能でしょ……。どうやっても死ぬし」

「そんな。U・M・Rさんともあろう者が、この程度で諦めてしまうんですの？」

シルフィンは少し悲しげに、U・M・Rを見つめた。

「や、だってさ。どんなルートを通っても障害が多すぎて、学校に行けないんだもん。もう百回くらい繰り返してるのに、いまだに正解ルートが見つからないってひどくない？」

「百回でダメなら、千回やればいいんですわ！」

シルフィンが、無邪気な笑みを浮かべた。

「試行錯誤《さくご》を繰り返せば必ず正解にたどり着けるって、偉いゲームのプレイヤーさんが言ってましたわ！　確か、TAS《タス》さんとかいう――」

「いやいや、それ人名じゃないからね」

U・M・Rは首を振る。

「あのさあ。T・S・Fさん。実況やるならもうちょっと簡単なゲームにしようよ。もっとこう楽しくさ、ふたりで和気あいあいと対戦できるやつとか」

「楽しく、ですか……」シルフィンは、どこか寂しそうに視線を落とした。「もしかしてU・M・Rさん、このゲーム、プレイしていてあまり楽しくなかったということでしょうか」

「いや、それは、ええと……」

U・M・Rが口ごもる。

まあ、あまりの難易度の高さにイライラしたことは事実だ。ゲーム的には結局「部屋から外に出る」以上の行動はできず、達成感も得られなかった。

完全なるクソゲーだった。まったく楽しくない。——そう言ってしまうのは簡単だっただろう。

しかし彼女の複雑な表情を見ていると、それがどうしても言えなかったのである。

「U・M・Rさんなら、きっと難しいゲームのほうが喜んでくれると思っていたのですが……それはどうも、私《わたくし》の独りよがりだったのかもしれませんわね」

シルフィンが、弱々しく口元を緩めた。

「これまで私《わたくし》、あまり友達とゲームで遊んだ経験などなかったものですから。どうしても、友達がそのゲームの何を楽しんでいるのか、わからなかったりするのです」

「そうなんだ……」

「いえ、私《わたくし》なりに、それこそいろいろ試行錯誤はしているのですが……。はあ……上手くいかないものですわね」

眉尻を下げ、困ったように笑う。

そうだ。彼女は何度も言っていた。

この『ときシル』は、U・M・Rのために作ったゲームなんだと。あの理不尽極まるデストラップの数々も、U・M・Rを楽しませるためだけに、彼女が一生懸命盛りこんだものなのだろう。

いかにその出来がクソゲーだったからと言って、それをあっさり切り捨てていいのか。

友達だったら、安易に逃げずに、ちゃんと向き合うべきなのではないだろうか。

「そうだよね。T・S・Fさんは、このゲームなら私がきっと楽しんでくれるって、そう信じてくれたんだもんね」

U・M・Rが、再びコントローラーを手に取る。心に燃えるのは、不屈のゲーマー魂だ。

「だったら、私も友達を信じなくちゃ」

「え？　信じるって、どういう意味です」

不思議そうに、シルフィンが小首を傾げた。

「ねえ、T・S・Fさんにとって、〝土間うまる〟さんって、どんなひと？」

「それは、えーと、美人で頭が良くって、みんなの人気者で……そういうすごいひとですわ」

「あ、そういうんじゃなくて」U・M・Rが首を振る。「T・S・Fさん個人が、彼女をどう思ってるかってことなんだけど」

「それはもちろん——ライバルであり、かけがえのない友人だと思っていますわ。こんなことを言うのは少し恥ずかしいですけれど……彼女はとっても優しくて友達思いな、素敵なひとですから」

でも、この質問になんの意味があるんですの——。

訝《いぶか》しげな表情のシルフィンに微笑みで応《こた》え、U・M・Rは再びモニターに向き直る。

彼女にとっての〝土間うまる〟は、優しくて友達思いな素敵なひと——らしい。

それだけ聞ければもう十分だ。

クリアまでの道筋は、すでに見えた。

※

通算何度目のプレイになるのだろうか。今回もまた主人公〝タイヘイ〟は、自宅アパートからのリスタートである。

しかし、今回はどうも様子がおかしい。

〝タイヘイ〟は、何もしていないのだ。もちろん、筋トレもしない。

それどころか、フローリングにごろりと寝ころび、ごろごろとテレビアニメを鑑賞している始末である。しかもコーラとお菓子をつまみながら、という徹底的なダメ人間ぶりだ。

それもそのはず。今回U・M・Rが彼に与えた最初の行動命令は——なんと『自宅でダラケる』だったのだ。

「ど、どういうことです？」シルフィンが驚きに目を見開いた。「日がな一日ゴロゴロアニメ見ているだけだなんて、ただの干物じゃありませんか！　役立たずじゃありませんか！　主人公がアレでいいんですの⁉」

「役立たず……はちょっと心にくるよね、うん」

苦笑いを浮かべながら、U・M・Rはぽりぽりと頬を掻《か》く。

「でも、これでいいんだよ。この戦略ならたぶん、ゲームクリアできるから」

「え?」

ゲームの制作者ですら疑問符を浮かべていた。

まあ、無理もないだろう。今回のU・M・Rの戦略は、真っ当な恋愛ゲームのプレイスタイルからは大きく逸脱していたのだから。

シルフィンが頭を悩ませている間に、ゲーム内時間は矢のように過ぎていった。

〝タイヘイ〟の干物ライフは順調に進んでいる。部屋の中でアニメとゲームと漫画を繰り返し楽しむだけの日々なのだ。もちろんパラメータは一切上昇していない。

「びっくりするほど、どうしようもない学生生活を送ってますわね、この主人公」

「ここまでダラケられるのも、ちょっと羨《うらや》ましいよね」

「まあ、いっそ、すがすがしいと言えるかもしれませんが——」

と、シルフィンが呟いたそのとき。

画面内の〝タイヘイ〟の自宅に、ピンポーン、と呼び鈴が響き渡る。

そう。それこそ、待ちに待っていた逆転イベントの開始を告げる合図だったのだ。

『タイヘイくん、最近学校来ないけど、大丈夫？』

「えええっ……⁉」

玄関先に現れた少女の姿を見て、シルフィンは目を白黒させていた。

なんと、現れたのはこのゲームのメインヒロイン――〝土間うまる〟だったのである。

『なにか辛いことでもあったのかな。タイヘイくん、私でよければ何でも話聞くよ』

〝タイヘイ〟宅に上がりこみ、〝土間うまる〟は聖母のような笑みを浮かべた。心の底から主人公を心配しているといった表情である。

部屋の中でふたりきり、熱く視線を交わし合うふたり――この状態を俗に「フラグが立った」と言う。ヒロイン完全攻略まで、大きな一歩を踏み出した、というところか。

「ふふふ、勝負あったね。あとは時間の問題だよ」U・M・Rがほくそ笑んだ。「〝土間うまる〟のキャラクター……っていうか行動パターンは、T・S・Fさんが作ったんだもんね。だったらきっと、T・S・Fさんが言う通り、死ぬほど優しくて友達思いで、そのうえ素敵なひとになってるに違いないと思ったんだよ」

当のT・S・Fは、はっとした表情で口元を押さえた。

「まさか、〝土間うまる〟を心配させるために、あえて主人公にどうしようもない行動をさせ続けていたんですの⁉」

「そうだよ。聖人君子みたいな性格のヒロインなら、きっとグータラ主人公の様子を見に来てくれると思ったからね。……主人公が外を歩くだけでほぼ即死するっていう難易度の世界なら、いっそヒロインに来てもらったほうが早いじゃん？」

「な、なんて発想……！　私《わたくし》の考えていた地道な攻略法とはまるで違いますが――さすがU・M・Rさんですわ！　正直すごいです！」

目を丸くして驚くシルフィンに、U・M・Rは得意げに告げる。

「ふふん。ダラダラしすぎて他人に心配をかけることに関しては、一家言《いっかげん》も二家言もあるからね」


ヒロインとの接触さえ果たせれば、あとの攻略はさほど難しいものではなかった。

〝タイヘイ〟を心配して毎日やってくる〝土間うまる〟が、通い妻的に好感度を高めていく――それは、ギャルゲー世界的に当然の摂理だったのである。妙に理不尽なバランスのゲームだったとはいえ、こういうお約束部分はまともに作られていたようだ。

自宅に引きこもる〝タイヘイ〟のために勉強を教えに来たり、料理を作りに来たりする、実に甲斐甲斐《かいがい》しいヒロイン〝土間うまる〟――。世話焼き系ヒロインどころか、聖女系ヒロインといってもいい懐《ふところ》の深さであった。

U・M・Rは、そんなゲーム画面を見ながら「これお兄ちゃんに見せたら絶対笑うシチユエーションだよね」とひとり変な笑みを浮かべている。

「よくわからないですけど……。なんだか楽しそうで何よりですわね！」

シルフィンもニコニコ顔だ。

「私《わたくし》もいつかお兄様を誘って、一緒にゲームをやってみたりしたいですわ！」

プレイ開始から実に八時間が経過していた。休日のほとんどを攻略に費やしながら、ともあれこうして、とうとうU・M・Rはやり切ったのだ。

「やっとクリアだあああああっ！」

画面の中では〝土間うまる〟が、それっぽい樹の下で〝タイヘイ〟に告白を始めていた。

よく考えると変な状況だが、あの〝タイヘイ〟も〝土間うまる〟も、本人たちとはまったく関係のないキャラクターなのだ。むしろ告白がシリアスであればあるほど笑えてくるから不思議である。

「あははは！　こりゃーお兄ちゃんヒモ確定だね。一生この〝うまる〟に頭上がらないね」

笑うU・M・Rに、T・S・Fが、ぺこりと頭を下げる。

「お礼を申し上げますわ。U・M・Rさん！」

「え？」

「最後まで諦めずにプレイしてくださって、私《わたくし》、本当に嬉しかったですわ！」

シルフィンにまっすぐ見つめられ、U・M・Rは少し照れくさくなってしまう。

「いやいや。難しいゲームをクリアするのはゲーマー冥利《みょうり》に尽きるしね。こちらこそありがとう、T・S・Fさん」

「そう言ってもらえると嬉しいです。苦労して作った甲斐がありましたわ！」

まるで大輪の花を咲かせたように、シルフィンが笑顔を浮かべた。

「今度またゲームを完成させることができたら、真っ先にU・M・Rさんにプレイしてもらいたいですわね」

「うん、おっけー。いつでも受けて立つよ」覆面少女がにっこりと頬を緩める。「で、次はどんなゲームにチャレンジするの」

「ええ、聞いてください。とりあえず今回の経験を活かす方向で、女性向けゲームを作ってみようと思うのですわ！　その名も『ときめきシルフィンフォード学園・ガールズサイド』という案でして――」

心の底から楽しそうに語るシルフィンを見て、U・M・Rもつい顔が綻《ほころ》ぶのを感じてしまう。この子、今度はどんな理不尽ゲーを生み出すつもりなのだろう。

実に楽しみだ。

初出　干物妹！うまるちゃんN　書き下ろし

◉JUMP j BOOKS◉

干物妹！うまるちゃんN

発行日
2015年８月24日［第1刷発行］
2017年10月31日［第3刷発行］

著者
サンカクヘッド／田中創

編集協力
藤原直人（STICK-OUT）
神田和彦（由木デザイン）

編集人
島田久央

発行者
鈴木晴彦

発行所
株式会社集英社
〒101-8050 東京都千代田区一ツ橋2丁目5番10号
電話＝東京 03（3230）6297（編集部）
03（3230）6393（販売部・書店専用）
03（3230）6080（読者係）

Printed in Japan

デザイン
東野裕隆

印刷所
共同印刷株式会社



ISBN978-4-08-703374-8　C0093

検印廃止

JUMP BOOKS